A Trilha de Sarah

Editora Appris Ltda.
1.ª Edição - Copyright© 2023 da autora
Direitos de Edição Reservados à Editora Appris Ltda.

Nenhuma parte desta obra poderá ser utilizada indevidamente, sem estar de acordo com a Lei nº 9.610/98. Se incorreções forem encontradas, serão de exclusiva responsabilidade de seus organizadores. Foi realizado o Depósito Legal na Fundação Biblioteca Nacional, de acordo com as Leis nos 10.994, de 14/12/2004, e 12.192, de 14/01/2010.

Catalogação na Fonte
Elaborado por: Josefina A. S. Guedes
Bibliotecária CRB 9/870

R892t 2023	Roysen, Rebeca A Trilha de Sarah / Rebeca Roysen. - 1. ed. - Curitiba : Appris, 2023. 180 p. 21 cm. ISBN 978-65-250-3509-3 1. Ficção brasileira. 2. Amor livre. I. Título. CDD - 869.3

Editora e Livraria Appris Ltda.
Av. Manoel Ribas, 2265 – Mercês
Curitiba/PR – CEP: 80810-002
Tel. (41) 3156 - 4731
www.editoraappris.com.br

Printed in Brazil
Impresso no Brasil

REBECA ROYSEN

A Trilha de Sarah

FICHA TÉCNICA

EDITORIAL	Augusto V. de A. Coelho
	Sara C. de Andrade Coelho
COMITÊ EDITORIAL	Marli Caetano
	Andréa Barbosa Gouveia (UFPR)
	Jacques de Lima Ferreira (UP)
	Marilda Aparecida Behrens (PUCPR)
	Ana El Achkar (UNIVERSO/RJ)
	Conrado Moreira Mendes (PUC-MG)
	Eliete Correia dos Santos (UEPB)
	Fabiano Santos (UERJ/IESP)
	Francinete Fernandes de Sousa (UEPB)
	Francisco Carlos Duarte (PUCPR)
	Francisco de Assis (Fiam-Faam, SP, Brasil)
	Juliana Reichert Assunção Tonelli (UEL)
	Maria Aparecida Barbosa (USP)
	Maria Helena Zamora (PUC-Rio)
	Maria Margarida de Andrade (Umack)
	Roque Ismael da Costa Güllich (UFFS)
	Toni Reis (UFPR)
	Valdomiro de Oliveira (UFPR)
	Valério Brusamolin (IFPR)
SUPERVISOR DA PRODUÇÃO	Renata Cristina Lopes Miccelli
ASSESSORIA EDITORIAL	Renata Cristina Lopes Miccelli
REVISÃO	Mateus Soares de Almeida
PRODUÇÃO EDITORIAL	Raquel Fuchs
DIAGRAMAÇÃO	Daniela Baumguertner
REVISÃO DE PROVA	William Rodrigues
CAPA	João Vitor Oliveira dos Anjos
COMUNICAÇÃO	Carlos Eduardo Pereira
	Karla Pipolo Olegário
	Kananda Maria Costa Ferreira
	Cristiane Santos Gomes
LANÇAMENTOS E EVENTOS	Sara B. Santos Ribeiro Alves
LIVRARIAS	Estevão Misael
	Mateus Mariano Bandeira
GERÊNCIA DE FINANÇAS	Selma Maria Fernandes do Valle

Para Maria Isabel, minha filha e também minha melhor amiga; e para todas as mulheres maravilhosas que fazem parte da minha vida.

Sumário

Capítulo 1 9
Capítulo 2 19
Capítulo 3 31
Capítulo 4 43
Capítulo 5 55
Capítulo 6 65
Capítulo 7 73
Capítulo 8 83
Capítulo 9 91
Capítulo 10 101
Capítulo 11 107
Capítulo 12 115
Capítulo 13 129
Capítulo 14 141
Capítulo 15 153
Capítulo 16 165
Epílogo 177
Agradecimentos 179

Capítulo 1

Era um dia quente e ensolarado de julho. O vento entrava pela janela aberta do ônibus em movimento, e eu, de olhos fechados, sentia como se estivesse me jogando no desconhecido. Sentia um frio na barriga quando pensava em como seria a minha vida ao final daquela viagem. Havia deixado para trás emprego, casa, família — toda a vida que conhecia até então. Em busca do quê? Não sabia muito bem. Só sabia que precisava de mais. Procurava afastar esses pensamentos sobre o futuro e me concentrar no vento. Lá fora, não havia uma única nuvem no céu. O sol já começava a sua lenta descida em direção ao oeste, iluminando os pastos e plantações. Já havia se passado muitas horas de viagem, mas eu não estava ansiosa pela chegada. Sentia-me segura ali, naquele ônibus, naquele limbo entre o que o foi e o que seria.

Quando o ônibus estacionou na rodoviária de Alto Paraíso de Goiás, já passava das cinco horas da tarde, mas ainda sentia a pele arder com o sol. O motorista desceu do ônibus e abriu o bagageiro. Peguei minha mochila e respirei fundo. Trazia na mochila algumas mudas de roupa, casaco, *nécessaire*, uma toalha, *laptop* e duzentos reais na carteira. Eu tinha ainda uma boa quantia no banco, que guardei dos meus últimos meses de salário e férias. Essa quantia me daria alguns meses de tranquilidade até conseguir um emprego.

Na rodoviária, uma brisa leve soprava do leste. Nesse exato momento, um casal de araras cruzou o céu com seus gritos estridentes. Depois de deixar a loucura da grande metrópole, aquela recepção da natureza me pareceu auspiciosa. Após pedir direções para a pousada onde havia reservado um quarto, comecei a caminhar. A mochila estava pesada. De vez em quando, uma rajada de vento soprava, e eu parava para sentir a brisa refrescar a minha pele por alguns breves instantes. Descendo a avenida principal via uma serra ao longe, andorinhas fazendo a sua dança do entardecer, crianças brincando na praça... A tranquilidade que imaginava de uma pequena cidade de sete mil habitantes. Sorri e me senti contente de estar ali. Entrei na rua que tinham me indicado e logo avistei a pousada, um sobrado simples e agradável com janelas grandes e um quintal amplo e sombreado.

Na entrada da pousada, havia um sofá com duas poltronas e uma mesa de recepção. Um homem magro de meia-idade e cabelos grisalhos estava sentado à mesa e, ao me ver entrar, abriu um sorriso simpático. "Boa tarde, menina!"

"Boa tarde!", respondi aliviada de colocar a mochila pesada no chão. "Eu reservei um quarto por uma semana. Meu nome é Sarah Velasque".

"Ah, sim! Bem-vinda, Sarah", ele disse enquanto colocava um livro de registro e uma caneta na minha frente. "Preencha aqui, por gentileza. Que calor, não é? Você está vindo de onde?"

"São Paulo, capital".

"Ah! Paulistana. Venha, vou te mostrar o seu quarto", disse o homem pegando a minha mochila. "Ah, pode me chamar de Araújo. Se precisar de qualquer coisa, eu estou aqui todos os dias, menos de quarta-feira. Ali é onde será servido o café da manhã, das 6h às 10h, e o seu quarto é subindo por aqui".

Agradeci quando ele deixou a minha mochila no chão do quarto, e saiu. A suíte na pousada era simples: uma cama de casal, duas mesas de cabeceira, um pequeno armário e um banheiro apertado. Uma janela grande abria-se para a frente da casa, mas não conseguia pensar em mais nada que não fosse um banho e uma comida de verdade. Eu estava com a pele pregando das horas no ônibus e me sentindo suja das paradas para comer salgado e usar banheiro de lanchonete de estrada. Só depois de tomar um banho é que me sentei na frente da janela e fiquei a observar a paisagem. A serra ao longe estava linda com a luz do entardecer, fazendo as pedras na encosta brilharem. Mas, logo a minha mente vagou para São Paulo, para a vida da qual estava fugindo.

Não sei se fugir é a palavra certa, mas havia um misto em mim de desespero e medo. Desespero diante da ideia de continuar em São Paulo e me sentir cada vez mais oca. Acordar de manhã, colocar uma roupa social e um sapato de salto para ir para o trabalho e me sentir como uma atriz colocando um figurino para desempenhar um papel. Pegar o metrô e olhar todas aquelas pessoas viajando tão próximas, mas, ao mesmo tempo, tão distantes umas das outras. Por mais de uma vez, estabeleci contato com outras pessoas no metrô, uma troca de olhares e sorrisos ou de palavras. Mas, cada vez que essa pessoa descia do trem na próxima estação, eu sentia uma inescrutável tristeza por saber que nunca mais a veria novamente.

Eu queria pertencer — a algum lugar, a alguém, a alguma coisa. Eu queria ser vista, reconhecida, ouvida. Porém, eu era apenas mais um corpo flutuando por uma cidade de fantasmas. Às vezes, sentia até prazer nessa vida invisível: o barulho dos carros, das pessoas nos bares, das músicas nas boates, o amontoado de corpos no metrô, o apartamento minúsculo... E a solidão era cada vez mais sufocante. Eu olhava pela janela tantos prédios, tantas pessoas vivendo empilhadas, indiferentes às vidas umas das outras. Tanta gente pensando, sentindo, gozando, chorando, em um trânsito de sensações. Mas, ao mesmo tempo, nenhuma dessas vidas me afetava. Eu era um corpo anônimo, irreconhecível, em meio a tantos outros corpos anônimos e irreconhecíveis.

Em uma dessas noites solitárias, navegando pela *internet*, me deparei com um artigo sobre Alto Paraíso e a Chapada dos Veadeiros. Ao ver as imagens que acompanhavam o artigo, senti meu coração bater mais rápido e um arrepio subir da base da minha espinha até o topo da minha cabeça. E, então, uma certeza me veio não sei de onde, e eu simplesmente soube que aquele era o lugar. Comecei a ler mais sobre a pequena cidade, o misticismo e o mistério que a encobriam, com seus cristais, suas cachoeiras e seu histórico de experimentos alternativos. Não conhecia ninguém ali, mas intuí que àquele lugar eu poderia, de alguma forma, pertencer.

Durante vários meses, eu remoí essa ideia na minha cabeça. Imaginava-me naquela paisagem, andando descalça, conhecendo pessoas que escolheram outros modos de viver... Mas, o medo me impedia de agir. Medo de ficar sem dinheiro, de abrir mão do meu cargo, de não me acostumar a viver em uma cidade pequena, de me sentir ainda mais solitária e deslocada... Mesmo agora, estando ali, continuava com medo. Será que estava cometendo um grande equívoco?

Recordei-me, então, da reação de meus pais quando os informei da minha decisão de sair do emprego como funcionária pública na Secretaria de Educação e me mudar para uma cidade pequena, no nordeste goiano, sem saber bem em que iria trabalhar ou o que faria da minha vida. Eles ficaram muito mais chocados do que eu esperava. "Mas, o que você vai fazer da sua vida?", eles perguntaram indignados. "Largar um bom emprego como o seu? Para ir morar em Goiás?" Eu tentei acalmar os ânimos dizendo que se não desse certo, poderia voltar a qualquer momento. E é verdade — eu tinha essa rede de proteção, e isso é o que tranquilizava um pouco a minha ansiedade com essa mudança. Não digo que meus pais aceitaram, mas acabaram se resignando à minha decisão. Eles achavam que isso não duraria e que logo eu voltaria para São Paulo.

    Senti um aperto no peito ao pensar nisso, e logo decidi sair para buscar uma comida decente. Araújo não estava na recepção. Um outro moço, bem jovem, estava quase cochilando na sua cadeira, mas acordou quando eu desci e logo me recomendou alguns restaurantes próximos. Escolhi um lugar que vendia caldo na Praça do Skate. O caldo quente era reconfortante no estômago, depois de comer lanches e salgados o dia todo. O céu escurecia, e pouco a pouco as crianças iam saindo da praça, dando lugar para grupos de jovens, e suas risadas aqueciam o meu coração, enquanto a sopa aquecia o meu estômago. Voltei para a pousada e dormi um sono pesado e sem sonhos.

    No dia seguinte, acordei com a luz do sol entrando pela janela de vidro do quarto. Fiquei um tempo ainda de olhos fechados, percebendo o cheiro da madeira dos móveis, ouvindo o silêncio interrompido pelo piar de um pássaro, sentindo os raios de sol aquecendo os meus pés. Demorei para sair do meu ninho confortável, mas levantei com energia e leveza de espírito. Coloquei uma roupa, escovei os dentes e desci para tomar o café da manhã.

    A pousada estava cheia de turistas — famílias, casais, um grupo de amigos. Tomei um café reforçado e saí da pousada em busca de um quarto para alugar. Eu já havia anotado alguns endereços de anúncios que encontrei nas redes sociais, mas todos os lugares que visitei já estavam ocupados. Apenas dois estavam disponíveis: um era uma edícula escura com um aluguel bem caro para o estado da casa; o outro era um quarto em uma casa compartilhada, na qual um casal estava morando na sala, e eu precisaria passar pela sala para chegar na cozinha — enfim, um lugar no qual eu certamente não me sentiria à vontade. Mas, caso não houvesse nenhuma outra opção, teria de ser esse mesmo, então deixei em aberto com o casal. Mesmo os anúncios pregados na parede da padaria já haviam sido todos alugados. "Por que será que as pessoas nunca retiram os anúncios antigos?", me perguntei. Passei a manhã caminhando pela cidade. Parei para almoçar em um restaurante por quilo e logo voltei a descer a avenida principal. O sol estava abrasador. Minha blusa já estava molhada de suor. Resolvi passar na pousada para tomar um banho e descansar um pouco e, no final da tarde, saí e me sentei a uma mesa na calçada de um empório na avenida principal para tomar uma cerveja gelada e fumar um tabaco. E foi ali, naquele primeiro dia em Alto Paraíso, que conheci uma mulher que marcou a minha vida.

    Ela não devia ter mais do que uns 35 anos de idade, embora o seu jeito de ser e de falar demonstrassem se tratar de uma mulher madura e confiante. Ela tinha a pele morena e cabelos encaracolados, cheios e compridos. Tinha um rosto pequeno, com dois olhos escuros, cujo olhar parecia ler a minha alma. Usava uma saia longa colorida, uma regata preta e um brinco de pena em uma orelha só. Sentou-se à mesa ao lado da minha com um copo de café. Enrolou um tabaco e se dirigiu a mim: "Com licença, você tem fogo?"

    Ofereci meu isqueiro, ela acendeu seu tabaco e ficou ali um tempo fumando e tomando o café.

    "Calor, não?", ela disse, puxando assunto.

    "Muito calor!", respondi, feliz por ela ter puxado conversa. "E eu ainda passei o dia caminhando, estou exausta!"

    "Foi pra alguma cachoeira?", ela perguntou.

"Quem dera! Fiquei rodando a cidade inteira procurando um quarto para alugar. Mas, não encontrei nada".

"Você está procurando um quarto?", ela indagou, surpresa. "Eu tenho um quarto vago lá em casa. Faz dois dias que a antiga moradora saiu de repente, e eu preciso arrumar alguém pra ficar no lugar dela. Já estava até pensando em fazer um anúncio hoje."

"Sério?", respondi incrédula. Mal podia acreditar na coincidência.

"Se quiser, podemos ir lá juntas pra você dar uma olhada", ela ofereceu.

"Claro, quero sim!", respondi, animada. "Meu nome é Sarah, e o seu?"

"Janaína", ela disse, abrindo um largo sorriso.

Janaína me explicou que alugava uma casa de três quartos, mas sublocava os outros dois quartos para ajudar a pagar o aluguel e as contas. Disse que a casa ficava em um lugar bem tranquilo, mas próximo ao centro da cidade. A antiga sublocatária havia decidido, de uma hora para outra, voltar para Brasília. O outro atual sublocatário chamava-se Gustavo e já morava com ela há quase um ano. Ficamos um tempo ali conversando, e ela foi me contando coisas daquele lugar.

"Debaixo dessa terra tem placas de cristais que intensificam tudo", contou Janaína. "Tudo é muito intenso aqui. Esse é um lugar de muita cura. Mas, nem todo mundo dá conta dessa intensidade. Muitos vêm pra cá, ficam um tempo, mas logo vão embora. Aqui você tem que fazer um trabalho interno. Tem que estar sempre se trabalhando, sempre se observando. Se você faz o seu trabalho, a cura vem."

Ela continuou falando sobre muitas coisas. Sobre as melhores cachoeiras para se tomar banho sem pagar, sobre a casa que ela estava construindo em uma ecovila na zona rural. Eu ficava cada vez mais encantada com aquela mulher, tão diferente das pessoas que costumava conhecer em São Paulo. Ela falava sobre cura, trabalho espiritual e energias, mas com uma lucidez que demonstrava maturidade e bom senso. Respondendo às suas perguntas, contei também da minha vida e do que me levou à decisão de ir para Alto Paraíso.

"Já fazia meses que eu estava com essa ideia na cabeça de vir para cá, mas tinha medo de sair da minha zona de conforto. O tempo foi passando, e essa ideia foi cada vez mais se tornando um sonho desvairado, algo para um futuro distante, pra quando eu me aposentasse, talvez? Daí, um dia eu estava em uma loja esotérica que adoro frequentar lá em São Paulo. Eu estava conversando com a vendedora sobre tarôs e oráculos, e ela me perguntou se eu queria tirar o I-Ching, um oráculo chinês. Conhece?"

Janaína assentiu com a cabeça, e eu continuei: "Então, ela disse que era muito poderoso. Enfim, a mensagem que saiu falava sobre desatar nós e sobre me liberar das relações atuais..."

Fiquei alguns instantes em silêncio. Janaína me olhava, interessada. Continuei: "Foi quando finalmente caiu a ficha. Olhei pra minha vida e vi o quanto eu estava enredada em relações e ocupações que não faziam o menor sentido pra mim. Meu trabalho não fazia mais sentido, minha vida toda já não fazia sentido. Aquela mensagem do I-Ching só veio confirmar o que eu já sabia, mas não tinha coragem de admitir: precisava sair de lá!"

Eu me surpreendi ao me pegar contando tantos detalhes da minha vida para uma pessoa que tinha acabado de conhecer. Mas, algo no olhar de Janaína e na forma interessada com a qual ela escutava a minha narrativa foi me despertando o desejo de compartilhar a minha história. Não estava acostumada a falar tanto sobre mim mesma. Acabei me sentindo um pouco constrangida e me calei. Enrolei mais um cigarro e ficamos em silêncio por algum tempo. Até que Janaína quebrou o silêncio:

"A busca pelo seu propósito de vida é a busca mais importante que você pode fazer". E depois acrescentou: "Se você tivesse ficado em São Paulo, vivendo uma vida sem sentido, estaria morrendo aos poucos. Você deu o primeiro passo, e isso exige muita coragem."

Fiquei tão emocionada ao ouvir essas palavras que precisei tragar forte o cigarro para segurar o choro. Era a primeira pessoa que entendia a minha decisão. Não tinha antes percebido o quanto eu estava me sentindo sozinha em minha escolha e o quanto precisava saber que pelo menos uma pessoa nesse mundo me compreendia. Ficamos mais um tempo caladas. Quando terminei a cerveja, disse: "Vamos?"

"Vamos!"

O cansaço e a cerveja haviam me deixado um pouco pesada, mas eu estava ansiosa por conhecer a casa. Seguimos, então, descendo a avenida principal, na direção de um vale cercado de serras virgens. A casa ficava na parte mais baixa da cidade, em uma rua estreita de terra. Do lado direito da rua, um portãozinho de ferro se abria em uma cerca baixa dando para um gramado. Outro portão abria-se para a lateral da casa, onde o carro de Janaína estava estacionado. Um caminho de pedra levava do primeiro portão até a varanda. Era uma construção de alvenaria velha, cheia de rachaduras nas paredes, mas a varanda era sombreada e agradável.

A porta de entrada dava para uma sala espaçosa, com piso de cimento queimado, como o resto da casa. Um sofá, uma poltrona e uma cadeira estavam dispostos ao redor de uma mesa de centro. Do outro lado da sala, um amplo vão se abria para a área da cozinha e da lavanderia, de onde uma porta dava para um banheiro pequeno e úmido e outra para o quintal dos fundos. Na cozinha, havia uma grande mesa de madeira com dois bancos compridos, um de cada lado. Do lado esquerdo da sala, uma porta se abria para a suíte de Janaína. Do lado direito, duas portas davam para os quartos. O quarto vago era o primeiro.

Era um quarto bem simples: uma cama de casal, uma mesa de cabeceira e uma arara para pendurar roupas. Traças subiam nas paredes, teias de aranha se formavam nos cantos do teto, uma lagartixa corria pela parede cuja pintura já descascava. Mas, eu gostei da energia do lugar. No quintal dos fundos, havia uma mangueira — na qual se apoiavam os ramos de um pé de maracujá —, um abacateiro, uma jabuticabeira e várias outras plantas pequenas que cresciam no meio das árvores mais altas: alfavaca-cravo, tomate, babosa e um mamoeiro jovem. Encantei-me com o quintal e com a casa. O preço também era bom e incluía as contas de água e luz. Depois de passar o dia inteiro andando pela cidade, sabia que não conseguiria nenhum quarto melhor.

"Vou ficar com o quarto!", anunciei.

"Fico feliz", respondeu Janaína, abrindo seu largo sorriso.

Capítulo 2

No dia seguinte, depois de um café da manhã reforçado, fechei a minha conta na pousada e me mudei para a nova casa. Araújo ficou todo preocupado achando que eu estava saindo antes porque não havia gostado do quarto, mas expliquei que a minha intenção era morar na cidade e só não esperava encontrar uma casa tão cedo.

"Ah! Então, você vai ficar por aqui, é?", disse ele, aliviado. "Que bom, que bom. Aqui é muito bom de morar. É muito bonito, não é?"

"É, muito bonito", eu respondi, embora até o momento só tivesse conhecido as ruas do centro da cidade.

Ao chegar na casa nova, Janaína me mostrou onde ficavam as coisas, como usar a composteira que ficava no quintal, me arrumou um cobertor e uma roupa de cama emprestada — até eu comprar a minha — e depois saiu. Percebi que Janaína havia limpado o quarto e removido as teias de aranha. O outro inquilino também não estava, e passei aquele primeiro dia sozinha. Comprei alimentos, uma garrafa de vinho e consegui duas caixas de papelão no mercado para organizar as minhas coisas. Depois de deixar tudo arrumado, sentei-me em um banco no quintal dos fundos e fiquei em silêncio observando o lugar. Tudo estava silencioso. Era final de tarde, e o céu se tingia de tonalidades de laranja e cor-de-rosa. Alguns casais de araras passavam voando com seus grasnidos alvoroçados. Um bando de andorinhas voava de um lado para o outro como que saudando, agradecidas, o dia que findava. Qualquer resquício de dúvida parecia ter se desfeito naquele momento. Respirei fundo e me senti grata por estar ali.

À noite, já estava recolhida em meu quarto, quando ouvi o som de alguém chegando e depois um *reggae* vindo do quarto ao lado. Deveria ser Gustavo. Deitei-me na cama escutando o *reggae* e olhei em volta para as rachaduras nas paredes. Embora Janaína tivesse limpado o quarto, vi uma aranha no canto da parede tecendo a sua teia novamente, como se insistisse em dizer que aquela também era a sua casa. De repente, um sentimento de insegurança tomou conta de mim. Será que tinha tomado a decisão certa ao vir para Alto Paraíso? Por que tinha saído da comodidade do meu apartamento em São Paulo para ir parar ali? Senti o medo percorrer o meu corpo e as dúvidas começarem a dançar na minha mente, mas respirei fundo e tentei me lembrar do porquê de estar ali: da minha vida em São Paulo, do vazio que sentia e do desejo de transformar a minha história. Reafirmei para mim mesma que estava onde deveria estar. Entrei de baixo das cobertas e deixei o sono me embalar ao ritmo de Bob Marley.

Na manhã seguinte, acordei completamente descansada. Nunca havia dormido tão bem em minha vida! Todas as incertezas da noite anterior haviam se esvanecido junto com a escuridão da noite. À luz do dia, o quarto voltava a ter o seu jeito bucólico e acolhedor. Levantei e me dirigi ao banheiro. Foi então que vi Gustavo pela primeira vez. Ele estava de costas, junto ao fogão, passando café. Era alto e naturalmente forte. Tinha longos *dreadlocks* loiros amarrados em um coque no alto da cabeça, e algumas mechas caíam sobre as suas costas largas. Ele vestia uma bermuda e uma regata, e eu podia ver os músculos definidos do seu braço enquanto ele agilmente preparava uma tapioca.

Corri para o banheiro para lavar o rosto e escovar os dentes antes que ele me visse. Depois, voltei para a cozinha.

"Bom dia!", eu disse tentando parecer natural, enquanto meu coração acelerava e eu me sentia extremamente autoconsciente.

Gustavo virou-se para mim com um largo sorriso e respondeu: "Bom dia! Sarah, certo?", ao que assenti com um sorriso tímido. "Senta aí, Sarah, o café já está saindo. Você quer uma tapioca?"

"Aceito!", respondi, enquanto me sentava à mesa e o observava.

"Aqui está! Tem manteiga, queijo e pasta de amendoim. O café está na garrafa térmica e o açúcar está aqui".

"Obrigada!", eu disse. Peguei meus mantimentos na geladeira e os coloquei na mesa. "Eu também comprei queijo e geleia, se quiser..."

"Massa!", ele respondeu e sentou-se à mesa. Tinha barba e sobrancelhas cheias e um alargador em uma orelha, mas eram os seus olhos verdes que me davam vontade de ficar olhando o dia todo. E, para completar, um riso fácil, o que o tornava uma pessoa encantadora.

Gustavo não tinha trabalho naquele dia e ficamos conversando enquanto comíamos. Fiquei fazendo mil perguntas sobre ele só para ficar olhando para aqueles olhos e aquele sorriso. Fiquei, então, sabendo que ele tinha 26 anos, havia passado a maior parte da infância e juventude em Brasília — seu pai era militar, e eles haviam morado em vários lugares antes. Ele estava em Alto Paraíso há dois anos. Era artesão, mas também havia concluído recentemente um curso de formação de guias de ecoturismo e, naquela época de alta temporada, quase todos os dias levava turistas para as trilhas e cachoeiras.

"Parece ser o trabalho perfeito!", comentei.

"Sim. É ótimo", ele concordou. "Eu adoro guiar. Mas, às vezes, é um pouco cansativo também. Não digo tanto pelo exercício físico, mas pelas pessoas. Você tem que estar sempre simpático e bem disposto."

Ele contou várias coisas da sua vida. Já tinha viajado muito pelo Brasil, acampando e conhecendo vários lugares incríveis. Gustavo falava bastante e eu gostei de ficar ali escutando os seus relatos. Eram tantas histórias que ele tinha para contar que eu me achava uma menina pouco vivida perto dele. Não tinha vivido grandes aventuras. Minha vida sempre foi a rotina de casa e escola, depois casa e trabalho, às vezes casa, trabalho e balada. Comparando-me com as pessoas que eu estava conhecendo ali, eu me sentia a mais desinteressante delas. Mas, Gustavo tinha muitas histórias, e me senti confortável em meu papel de ouvinte, ocasionalmente fazendo perguntas para estimulá-lo. De vez em quando, ele ia até a porta dos fundos para fumar o tabaco que enrolava sem parar de conversar.

"Parecia pata de onça, e a gente resolveu descer no poço pra investigar, pra ver se ela foi beber água ali. A trilha até o poço a gente fez em uma hora descendo o morro. Quando chegamos no poço e começamos a procurar pegadas é que percebemos que o sol estava se pondo e a gente estava sem lanterna nenhuma. Ou a gente voltava rápido pro acampamento, ou a gente não ia mais conseguir achar a trilha, e teria de dormir ali mesmo, sem saco de dormir, sem comida nem nada, e com uma onça rodando por perto. Véi, eu nunca fiz uma trilha tão rápido na minha vida. Correndo, subindo a montanha, tropeçando, e o céu escurecendo. O Jô parava às vezes na trilha pra respirar, e eu: 'Vamos, véi, não para não. Bora, bora'. Não sei quanto tempo levou pra gente chegar lá em cima, mas pareceu uma eternidade. Chegamos no acampamento já mal conseguindo respirar, e o Manu, que estava na fogueira, olha pra gente com o olho arregalado e pergunta: 'Encontraram a onça, é?'". Ele concluiu a história com uma risada contagiante.

"E você não ficou com medo da onça realmente aparecer?", eu perguntei.

Ele deu risada. "Ah, meu bem, naquela época eu não pensava direito nas coisas, não".

"Você gosta de uma aventura, não é?", eu provoquei.

Ele me olhou nos olhos e deu um sorriso maroto, confirmando a minha suspeita.

"Que barulho é esse?", perguntei. "É um sapo?"

"Ah, não. É tucano", disse ele saindo para o quintal. "Vem ver. Ali no abacateiro, está vendo?"

Eu demorei para encontrar, mas consegui ver. Um tucano lindo, com seu longo bico alaranjado. Ele, então, me mostrou as plantas que tinha plantado no quintal, me ensinou o nome das árvores e dos insetos que via. Eu ficava cada vez mais encantada com aquele homem que conhecia tantas coisas e que colecionava tantas experiências. Naquele momento, cometi o erro de acreditar que aquele homem poderia preencher o vazio da minha vida. Enquanto o ouvia falar, intimamente eu desejava que ele me levasse para uma de suas aventuras, que me mostrasse tudo o que sabia. Eu tinha apenas 25 anos, portanto não posso afirmar que tenha sido exatamente um erro, mas talvez uma etapa necessária. Afinal, a paixão é algo que inevitavelmente nos acomete em algum momento de nossas vidas. E o fim amargo de uma paixão é o resultado inevitável desse acontecimento, sempre tão dramático. Mas, naquele momento, eu precisava de um drama. Eu precisava de algo que me arrancasse da apatia e fizesse meu coração bater mais rápido. E isso eu havia encontrado.

Até hoje não sei muito bem o que Gustavo viu em mim, tão diferentes éramos um do outro. Talvez fosse a forma como eu o admirava que o fizesse se sentir especial. Mas, ele entrou como partícipe desse drama. E tudo começou naquele dia, com um convite para irmos a uma cachoeira na manhã seguinte.

"Tem uma cachoeira que não é aberta pra visitação, mas eu conheço uma trilha", ele disse. "É bem lindo lá, você vai gostar. E não precisa pagar entrada".

"Pode ser! Ainda não conheci nenhuma cachoeira aqui", eu respondi, tentando parecer descontraída e esconder a felicidade que transbordava o meu ser. "Eu vou pra qualquer lugar com você", pensei.

"Vou pedir o carro da Janaína emprestado, então!", ele concluiu. Seu semblante continuava descontraído, e eu não consegui decifrar quais seriam as suas intenções.

Naquela tarde, saí em peregrinação para procurar emprego. A todo momento me pegava sorrindo, pensando em Gustavo e no passeio que daríamos juntos no dia seguinte. Somente com grande esforço foi possível focar na minha missão do dia. Passei em alguns restaurantes e pousadas, anotei alguns telefones e indicações, mas não consegui nada de concreto. No final da tarde, sentei-me em um banco na Praça do Skate e fiquei a observar a vida pacata da cidade: as crianças brincando no parquinho; os adolescentes na pista de skate; o sol poente iluminando o que depois aprendi ser a Serra da Baliza; as andorinhas fazendo a sua dança de agradecimento ao dia que se aproximava do fim; o vento que soprava do leste e fazia com que as saias das mulheres tremulassem; a imagem de Gustavo...

Já anoitecia, quando desci pela avenida principal. De repente, fazia muito frio. Não tinha levado casaco, então andava rápido para esquentar o corpo. Ao chegar em casa, ouvi um *reggae* vindo do quarto de Gustavo e sorri. Ele estava ali, no quarto ao lado. Mais tarde, quando cruzei com ele ao sair do banheiro, trocamos sorrisos, e o meu coração disparou no peito.

Janaína estava na mesa da cozinha. Alguns papéis e cadernos estavam abertos na sua frente e ela estava concentrada. Aproximei-me e olhei por cima do seu ombro. Havia uma planta de uma casa e algumas listas de materiais. Ela olhou para mim, pousou o lápis na mesa e suspirou.

"Esse é o projeto da sua casa?", perguntei.

"É. Já faz mais de um ano que comecei a construir, e parece que não acaba nunca!", ela respondeu.

"Posso ver?"

"Claro!"

"Falta muito para terminar?", perguntei, enquanto olhava o projeto.

"Não... e sim... Mas, construção é sempre assim, não é? Demora mais e custa sempre mais do que o planejado", ela soava cansada. "Meu dinheiro já está quase acabando e preciso terminar a casa até o final deste ano pra poder sair do aluguel".

"E quando você se mudar, vai entregar esta casa?", a perspectiva de ter de sair de lá e procurar outro lugar para morar me deu um nó no estômago.

"Eu pensei nisso e acho que, se você quiser, eu posso falar com a proprietária para passar o contrato para o seu nome. Daí, você pode se mudar pra suíte se quiser, e sublocar os outros quartos".

"Boa!", disse aliviada. "Quero sim, gosto muito desta casa".

"Talvez ela queira aumentar um pouco o aluguel quando fizer isso, mas não acho que você terá dificuldade em arrumar outro locatário. Tem sempre gente procurando quarto aqui na cidade".

Eu fiz um lanche para mim e deixei Janaína voltar para as suas contas. Gustavo saiu do banho, só com uma toalha amarrada na cintura, e senti meu corpo ferver que nem lava. Desviei o olhar para o meu lanche, sentindo o sangue subir na minha face.

"Então", ele falou, "a Janaína emprestou o carro dela, vamos sair amanhã às sete horas?".

"Mmm", eu terminei de engolir e disse: "Sim! Combinado!"

Janaína levantou os olhos das suas anotações e olhou sério para ele: "Não esquece de deixar o carro engatado quando estacionar, hein Gustavo? O freio de mão não está muito bom".

"Tá bom. Fica tranquila", ele respondeu. Depois olhou para mim e disse com um sorriso: "Boa noite, meninas", e foi pro seu quarto.

No dia seguinte, tomamos café e saímos cedo. Durante a viagem de carro, Gustavo falava sobre a Chapada e suas paisagens, nomeando todos os rios e morros pelos quais passávamos. Ele dirigia o Fiat Uno com habilidade, e eu relaxava no banco do passageiro, apenas curtindo a vista. Ouvia o que ele dizia, mas não prestava tanta atenção. Estava feliz de estar ali com ele, naquele lugar incrível. Quase não podia acreditar que aquilo estava acontecendo. Eu, naquele lugar maravilhoso, com aquele cara lindo do lado. Não pude deixar de murmurar uma prece: "Obrigada, grande espírito!"

Finalmente, Gustavo diminuiu a velocidade, saiu da estrada e estacionou o carro embaixo de uma árvore. Não havia nem uma placa e nem indicação, mas ele parecia conhecer o lugar.

"Não esquece de deixar o carro engatado", eu falei.

"Ah, é!" Ele engatou o carro, descemos e seguimos a pé. Não havia uma trilha bem demarcada, mas Gustavo sabia exatamente por onde passar. Era uma área de arbustos baixos e dispersos, mas logo o caminho começou a descer e a vegetação foi se tornando mais alta, densa e sombreada. Eu o seguia, procurando pisar exatamente onde ele havia pisado. Fomos descendo até chegar a um rio. Ele era bem raso e largo naquele ponto. Ali paramos um pouco para molhar o rosto e seguimos caminho acompanhando o curso. Havia muitas rochas nas margens, e fomos passando por elas, às vezes tendo que subir em grandes pedras para depois descer novamente, outras vezes tendo que passar por fendas estreitas.

"Esse lugar é bem secreto mesmo! Como você descobriu?"

"Esse lugar aqui eu vim com o Luiz, um amigo meu que também é guia. A gente veio desde lá de cima", e ele apontou para a direção norte, "acompanhando o rio pra ver se descobríamos algum lugar bom de tomar banho. Eu gosto de explorar lugares que ninguém nunca foi, sabe?".

Gustavo ia à frente, mas atento, parando para me ajudar nas partes mais difíceis ou parando para me mostrar uma árvore do Cerrado. Íamos na maior parte do tempo em silêncio. Eu estava concentrada na trilha, escolhendo com cuidado onde pisava, sentindo o ar puro preencher meus pulmões. Aquela caminhada era como uma meditação, trazendo-me para o meu corpo, para a minha respiração, para o movimento dos meus pés, para a maneira como o meu corpo se equilibrava nas passagens mais difíceis. Eu não precisava olhar muito adiante pelo caminho. Apenas seguia atentamente os passos de Gustavo. Não queria saber para onde iríamos. Queria apenas segui-lo por onde fosse.

Após uns vinte minutos caminhando, chegamos a uma cachoeira linda. A água caía em uma queda de uns três metros e se esparramava em um largo e calmo poço. Depois do poço, o rio seguia por meio das pedras, rumando na direção oposta de onde tínhamos vindo. Descemos pelas rochas e escolhemos uma pedra reta e lisa para deixarmos as mochilas. Ficamos em nossas roupas de banho, e Gustavo já entrou na água. Eu fiquei um tempo só na beira, sentindo o sol esquentando o meu corpo, a água gelada em meus pés, o som apaziguante da água caindo, aquele pequeno paraíso. Há quanto tempo aquela paisagem estaria ali? Quantas pessoas aquelas pedras já não viram passar? Quantas vidas já não vieram ao mundo e o deixaram, enquanto aquelas pedras continuam ali, transformando-se lentamente pelo movimento das águas? Um sentimento de gratidão invadiu o meu ser. Sentia-me privilegiada em presenciar a manifestação da existência que se apresentava ali, diante dos meus olhos. Esse é um sentimento que nunca me deixou. Mesmo depois de tantos anos morando na Chapada, o sentimento de gratidão e reverência continua a me permear diariamente.

    Tomei coragem, dei mais alguns passos pelas pedras e mergulhei naquela água gelada. Nadei um pouco para esquentar o corpo. Gustavo estava bem debaixo da queda d'água, a água caindo com força em suas costas.

    "Vem!", ele gritou para mim, acenando.

    Nadei até ele e entrei de baixo da queda d'água também, que batia com força no meu corpo. Olhei para ele, e ele estava rindo. E eu também. Não aguentei ficar muito tempo e logo saí para me aquecer. Sequei-me com a toalha, estendi minha canga na pedra e me deitei. A pedra já estava levemente aquecida e, conforme a rocha e o sol aqueciam meu corpo, eu ia relaxando. Fechei os olhos, ouvindo o barulho das águas e o piar dos pássaros. Depois de alguns minutos, senti uns pingos de água fria cair em meu corpo. Era Gustavo que tinha acabado de sair da água e vinha se deitar ao meu lado.

"E aí, gostou daqui?", ele perguntou deitado de lado, apoiando o cotovelo na pedra e a cabeça na mão.

"Amei", respondi sinceramente. "Obrigada por me trazer aqui. Este lugar é muito especial.".

"Eu também acho. Adoro vir aqui. Pena que, sem carro, não posso fazer isso mais vezes. Estou feliz que você esteja aqui comigo hoje", ele disse enquanto sua mão gelada acariciava a minha barriga.

Fiquei alguns segundos ali parada, de olhos fechados, ouvindo o som da cachoeira e sentindo a sua mão percorrer o meu corpo. Meu coração estava acelerado. Finalmente, abri os olhos, virei-me para ele e ele me beijou. E ali mesmo, naquela pedra, a gente se amou. E eu senti uma felicidade tão intensa como nunca tinha sentido antes.

Capítulo 3

"Você não pode perder a feira de produtores", disse Janaína durante o café da manhã. "Você encontra muita coisa gostosa lá, tudo orgânico e produzido aqui mesmo".

Gustavo tinha saído cedo para guiar. Eu encontrava dificuldade em prestar atenção ao que Janaína falava, pois meus pensamentos constantemente se voltavam para o dia anterior e as lembranças faziam meu corpo estremecer e um sorriso se desenhar no meu rosto. Acho que Janaína percebeu, pois perguntou:

"E foi bom na cachoeira ontem?".

"Foi", eu respondi um pouco envergonhada. "Fomos a um lugar muito lindo. Foi ótimo pra dar uma conectada com a natureza".

Janaína sorriu maliciosamente, como quem já tinha entendido tudo. "Conectada com a natureza, é?".

Eu somente ri e mudei de assunto. "E como está indo a construção da casa?".

Ela deu um suspiro e disse: "Bom, já tem telhado, paredes e janelas. O Seu Oswaldo vai fazer o piso pra mim na próxima semana e instalar o sistema de água do banheiro. Mas eu ainda preciso fazer a bacia de evapotranspiração, que vai tratar a água da privada, e rebocar a casa por dentro e por fora. Estou pensando em fazer uns mutirões lá pra fazer o reboco de terra".

"Ah, que legal! Pode me convidar que eu vou também. Embora eu não saiba nada de bioconstrução".

"Ah, amiga, reboco é fácil e gostoso de fazer".

Resolvi ir com ela para a feira no seu carro. A manhã estava fria, mas lá fora não havia uma única nuvem no céu. Um tucano passou voando com seu jeito desengonçado, carregando seu enorme bico até o galho mais próximo. Eu sorri. Lembrei-me das palavras de Janaína quando me contou sobre a intensidade da Chapada e entendi que ela estava certa. Eu sentia essa intensidade em todos os meus poros.

A feira acontecia em um galpão coberto, com bancas montadas por todos os lados, onde vendiam verduras, legumes, pães, tapiocas, bolos, sucos, ovos, artesanatos e uma infinidade de outras coisas. A cada dois passos que dávamos, Janaína parava para cumprimentar algum conhecido. Para alguns ela me apresentava. Com outros, entrava em conversas sobre assuntos particulares, e decidi me separar dela para explorar o espaço e fazer algumas compras. Os moradores da cidade tinham estilos muito próprios de se vestir. Muitas das mulheres usavam saias e vestidos longos, quase todos tinham tatuagens e *piercings*, muitos homens e mulheres tinham *dreadlocks* nos cabelos. "Mas nenhum é tão lindo como o Gustavo", pensei. Crianças corriam livremente pelo espaço, brincando e interagindo com as pessoas. A feira parecia ser um ponto de encontro dos moradores. A todo o momento eu via as pessoas se cumprimentando com beijos e abraços e combinando passeios à cachoeira.

Depois de terminadas as minhas compras, procurei por Janaína e a encontrei conversando animadamente com outras duas mulheres. Resolvi não interferir e fiquei esperando por ela sentada na escadaria que ficava na entrada principal. Que horas será que o Gustavo voltaria? Como será que eu deveria agir quando o visse? No dia anterior, tínhamos voltado para casa e preparado um almoço juntos. Depois, ele pegou o violão e se sentou na poltrona da sala. Sentei-me no sofá e fiquei o vendo tocar. Ele tinha uma voz bonita, e a tarde passou sem nem eu perceber, tão hipnotizada eu estava com a sua música e com a imagem dele sorrindo para mim por cima do violão. Já com o sol se pondo, perguntei se ele queria assistir a um filme no *laptop*. Como eu não tinha muitas opções, ele sugeriu que alugássemos um DVD na locadora.

Tínhamos ido até a locadora e demoramos até escolher um filme. Acabamos decidindo por *Na natureza selvagem*. Era tão estranho estar com ele ali na locadora. Parecíamos um casal de namorados. Mais estranho ainda voltarmos juntos para casa, sendo que mal nos conhecíamos direito. Já tínhamos nos visto nus, verdade, mas mesmo assim... Colocamos o *laptop* em cima de uma pilha de livros na mesa da sala. No meio do filme, Janaína chegou e assistiu ao resto com a gente. Agradeci em silêncio pela presença descontraída dela. Quando o filme acabou, eu dei um boa noite geral para os dois, peguei o *laptop* e fui pro meu quarto. Ainda ouvi os dois conversando até tarde na cozinha. Eu não consegui entender o que eles diziam, mas achei o murmurinho de suas vozes reconfortante.

Meus pensamentos foram interrompidos por Janaína, que me encontrou na escadaria com suas compras. Voltamos para casa com couve, brócolis, bananas, ovos, tapioca, pão, mandioca, cenoura e feijão. Decidimos fazer um almoço juntas e aproveitei para sondar sobre o paradeiro amoroso de Gustavo. Segundo Janaína, ele nunca tinha tido uma namorada fixa desde que chegou à cidade, embora já tivesse ficado com várias amigas dela.

"Gustavo é meio Dom Juan. Mas não se prende a ninguém", disse Janaína abertamente. Ao ouvir isso, senti um embrulho no estômago. "Se eu fosse você", ela continuou, "não colocaria muitas expectativas nessa relação." Fiquei surpresa com essa última fala.

"Que relação?", perguntei, dando uma de desentendida.

"Conheço os sintomas", disse Janaína rindo. "Você não é a primeira a se apaixonar por ele. Ele é carismático e encantador. Mas não o deixe tirar você do seu foco e do que você veio fazer aqui, que é encontrar o seu próprio caminho".

Fiquei em silêncio e logo a conversa tomou outros rumos. Mas as palavras de Janaína ficaram se repetindo na minha mente, como um disco riscado. Hoje, relembrando essas palavras, vejo que, por mais sábias que fossem, estavam equivocadas. Elas demandavam uma maturidade que era impossível para mim naquele momento. Para encontrar o meu caminho, eu precisava, primeiro, me perder.

Naquela noite, Gustavo chegou com uma garrafa de vinho para tomarmos juntos. Ele acendeu uma fogueira no quintal. Arrumava os galhos com destreza, usando folhas secas e soprando a brasa até que o fogo pegasse de vez. Sentia-me protegida perto dele. "Se estivéssemos em uma ilha deserta", pensei comigo mesma, "ele conseguiria acender um fogo, me guiar pelos caminhos e me proteger de todos os perigos". Ele se sentou no banco ao meu lado, e eu conseguia ver a luz da fogueira refletida nos seus olhos. O céu estava tão estrelado como eu nunca havia visto antes na minha vida. A temperatura caía a cada minuto, fazendo-me grata pelo calor do fogo e pelo calor do corpo de Gustavo ao meu lado, sua perna roçando a minha.

"E hoje", ele começou a contar uma de suas histórias, "que o casal que eu estava guiando começou a discutir no carro, na volta da cachoeira. Que situação! Eu estava ali no banco de trás, sem poder sair, sem ter o que fazer a não ser ouvir os dois brigando. E tudo começou porque a mulher estava cansada e queria ir para a pousada, mas o homem queria tomar uma cerveja num lugar que eu tinha recomendado. Véi, ele começou a reclamar — de forma *bem* grosseira — que nessa viagem eles só faziam o que ela queria e nunca o que ele queria. Foi horrível! Eu fiquei olhando pela janela, fingindo que não estava ouvindo nada".

Eu dei risada e ele foi me contando muitas outras histórias, noite afora. Ele já havia passado fome, já havia passado frio, já havia conhecido todo o tipo de pessoa e situação. Ele ria da vida e das coisas. Mas, conforme se embriagava, tornava-se mais e mais sombrio.

"E esse cara viajava sozinho com o filho. O menino devia ter uns três ou quatro anos. Ele saía pra manguear e...".

"Manguear?", interrompi.

"É... Manguear... Sair pra vender artesanato na rua", ele explicou.

"Ah, sim".

"Então, ele saía pra manguear e deixava o menino sozinho lá na casa com uma galera que ele nem conhecia. As meninas que estavam ficando lá acabavam cuidando, dando comida, atenção. Mas o cara nem pedia pra ninguém, simplesmente deixava o menino lá. Daí um dia eu encontrei o cara perto do rio completamente chapado. Ele fumava tudo o que conseguia em crack e deixava o filho lá abandonado".

"Nossa, que horror!"

Ficamos um tempo em silêncio. Ele estava com a cabeça baixa. Ele estava chorando? Não havia lágrimas, mas ele estava realmente triste.

"E o que aconteceu com eles, você sabe?".

Ele demorou para responder, seu olhar perdido no fogo. Sua testa estava franzida e suas sobrancelhas grossas acentuavam o semblante de dor em seu rosto.

Ele respondeu devagar: "As meninas que estavam lá na casa estavam falando de ir na delegacia denunciar o pai, mas eu fui embora. Não sei o que aconteceu. Mas eu sempre lembro do menino, sabe? Eu nunca esqueci dele".

Fiquei em silêncio pensando na vida daquele menino. Gustavo continuava com o rosto tenso, olhar fixo no fogo. Percebi que, no fundo da sua alma, havia uma dor. Instintivamente, coloquei a minha mão na sua perna, buscando confortá-lo. Ele pegou minha mão e a beijou. Depois se levantou e me levou pela mão até o meu quarto. Dessa vez, ele me procurou com mais avidez. Como se buscasse em mim o esquecimento daquilo que o torturava por dentro. E eu me permiti ser o seu refúgio.

As semanas que se seguiram foram uma espécie de lua de mel... Sem a parte do casamento. Eu mergulhei naquela relação como uma criança que se joga da mesa na confiança de que alguém a irá apanhar. Era como se eu tivesse descoberto a fonte da vida, do sentir, da existência. Nas nossas trilhas no meio do Cerrado, nas noites ao redor da fogueira ao som do seu violão e nas nossas noites de amor, eu me sentia tão completamente preenchida, tão absurdamente feliz que poderia morrer naquele momento e toda a minha vida teria feito sentido.

Quando Gustavo saía para guiar, eu me pegava relembrando cada detalhe da nossa última noite juntos. Janaína passava mais tempo na ecovila do que em casa. Mas, em uma tarde em que estávamos sentadas juntas na varanda fumando um tabaco, confessei: "Tenho medo. Medo de que ele não esteja sentindo isso tão intensamente como eu".

"E o que importa?", respondeu Janaína. "O que importa é o que você está sentindo. Então sinta, aproveita, sem medo. Se é real pra você, então é real".

E eu senti. Cada vez que cruzava com ele na cozinha ou no banheiro, meu coração pulsava mais forte. E se não desse certo? Teria de mudar de casa. Como poderia encontrá-lo, assim, a toda hora, sem saber que dali a pouco estaria em seus braços de novo? Nos dias em que não ficávamos juntos, eu tentava fingir que estava tudo bem e que eu não estava completamente desesperada por ele não ter me procurado. Eu refreava o meu impulso e tentava parecer tranquila na presença dele, mas eu estava tão apaixonada que Gustavo já havia se tornado para mim uma obsessão.

Às vezes, olhava para ele enquanto ele cozinhava ou mexia no jardim e o achava perfeito. Perguntava para mim mesma: "Como um cara tão perfeito quanto ele foi se interessar por mim?" Acreditava que a qualquer momento ele conheceria outra mulher mais bonita e mais interessante, uma mulher que soubesse o nome das árvores do Cerrado, que o acompanhasse em suas trilhas sem ficar ofegante, uma mulher que tivesse o corpo mais bonito ou um estilo mais alternativo, e, com certeza, ele me deixaria. Algumas noites, ele e Janaína ficavam até tarde na cozinha conversando e eu me enchia de ciúmes. Só desejava que ela fosse logo para a sua cama para que eu pudesse tê-lo novamente só para mim. E, quando o tinha, entregava-me a ele como se nada mais existisse no universo.

Certa noite, tomávamos um vinho no quarto e, como sempre, ele foi se tornando mais sério e melancólico. Começou a se lembrar das pessoas que vira passar fome nas ruas de São Paulo, de amigos seus que tinham se jogado nas drogas, até mesmo a lembrança de um tamanduá que vira ser atropelado na estrada fazia todo o seu semblante expressar dor. Dor por ele, pelas pessoas e pelo mundo. Esse lado sombrio da sua alma que parecia sofrer tanto me instigava ainda mais o desejo de conhecer os seus segredos. Na minha vida tão fácil de filha única de uma família de classe média paulistana, sem nunca ter passado nenhuma privação na vida, aquela empatia que ele tão agudamente sentia pelas pessoas e pela natureza me aterrava e me tornava mais humilde.

Já caminhávamos para o final de agosto, quando Janaína anunciou que sua casa na ecovila estava boa o bastante para ela poder se mudar e me disse que a proprietária da casa da cidade tinha aceitado passar o contrato para o meu nome. Com essa perspectiva de assumir um compromisso financeiro de um ano, despertei do meu estupor romântico e me dei conta que precisava encontrar um emprego logo.

E, assim, em meados de setembro, Janaína saiu da casa. Eu e Gustavo decidimos ficar juntos na suíte e colocar os outros dois quartos para alugar em feriados e, assim, obtermos a renda necessária para pagar o aluguel. Dividindo o quarto e com a casa na maior parte do tempo só para nós dois, a nossa relação se tornou ainda mais intensa. Quando o Gustavo não estava guiando, passávamos o tempo inteiro juntos, bebendo e fumando baseados ao som de *reggae*. O universo parecia girar em torno do nosso quarto e já nem nos dávamos mais o trabalho de acender a fogueira.

Quando havia hóspedes na casa, Gustavo gostava de ficar até tarde com eles conversando. Eu ficava cansada mais cedo e ia para o quarto. Ficava ouvindo as pessoas conversando e Gustavo demorando a vir para a cama, e eu me enchia de ciúmes. Não importava se era homem ou mulher com quem ele conversava. Não suportava dividi-lo com ninguém. Não suportava poucos minutos longe dele.

Apeguei-me a ele como um náufrago se apega a uma tábua. Ele me fazia sentir, finalmente. Sentia-me amada e desejada. Sentia que a minha vida tinha tempero. Ele era a primeira pessoa a me conhecer tão profundamente. Pela primeira vez na vida, compartilhava momentos de intensa conexão. Não procurei mais por Janaína e nem me interessei em fazer novas amizades. Não precisava de mais ninguém além dele.

Eu acho que ele gostava da minha intensidade, até mesmo quando eu ficava com ciúmes. Ele gostava da forma tão pura com que eu me entregava a ele. Ele podia falar qualquer besteira, agir como um bobo, que nada abalava a minha devoção. O risco de uma gravidez passou a ser, secretamente, um estimulante para mim. Eu queria ter um filho dele. Não que eu pensasse muito no assunto. Não que isso fosse uma decisão racional e planejada. Era como se houvesse um impulso primitivo dentro de mim que gostava do risco, que se excitava com ele. Era algo muito mais visceral. A mera presença de Gustavo ou uma mera lembrança sua faziam meu corpo parecer virar do avesso.

Com a mesma intensidade, Gustavo mergulhou na embriaguez dessa relação. Havia tomado o primeiro gole e a recaída seguiu de perto. Bebíamos vinho todas as noites. Mas logo uma garrafa já não era suficiente, e ele saía de bicicleta até o mercado que ficava no ponto mais alto da cidade, pois era o único que ficava aberto até tarde. Ele começou a cair, e eu não percebi, pois ao mesmo tempo em que ele recaía no álcool, ele se abandonava em mim. Abandonamo-nos um no outro.

Em um primeiro momento, não dei tanta importância para a alteração que ocorria no comportamento dele quando bebia. Algumas manhãs, eu acordava e encontrava a cozinha imunda, com pilhas de louça suja, latinhas de cerveja jogadas no chão, comida caída pela casa, bitucas de cigarro e baseado jogadas dentro dos copos. Mas, quando havia hóspedes na casa, nos esforçávamos para não beber e para tentar manter a casa limpa e as aparências de normalidade.

Em um sábado, encontrei Janaína na feira e ela perguntou como as estavam as coisas entre mim e Gustavo.

"Estão ótimas!", respondi com um secreto prazer em ter provado que ela estava errada ao achar que ele não se prenderia a ninguém. Ele se prendeu a *mim*!

"Estamos iniciando um círculo de mulheres e temos nos encontrado uma vez por mês", ela disse. "Está sendo muito rica a troca entre as mulheres. Quando for ter o próximo eu te aviso, se você quiser participar".

"Que bacana! Avisa sim que eu tento ir", respondi por educação, sem a menor intenção de realmente ir.

Naquele dia, cheguei em casa e preparei uma comida. Gustavo tinha ido guiar e chegaria com fome, com certeza. Ele chegou por volta das três horas da tarde, com uma garrafa de vinho e ficamos até tarde da madrugada filosofando sobre a vida e a morte. Ele me entendia. Era como falássemos a mesma língua e isso economizava tempo com explicações ou palavras mal compreendidas. Não tínhamos certeza de nada, nem das nossas opiniões mais enraizadas, porque estávamos pensando juntos, abertos à verdade das coisas vistas pelos olhos um do outro. Era uma conexão que eu nunca tinha tido com ninguém. Eu o achava sábio. Mas a sabedoria dele era fruto da vivência, e, por isso, ele era mais sábio do que eu. Quando bebia, Gustavo sentia todas as dores do mundo. Sentia o sofrimento dos bichos que perdiam as suas casas com a devastação do Cerrado, sentia pelas águas dos rios que estavam sendo contaminadas pela propagação das monoculturas de soja, sentia desprezo pela estupidez dos homens.

"Eu não deveria estar encarnado. Não fui feito pra viver. Encarnar é uma merda!", ele dizia. Tinha a ousadia de falar que Deus estava errado em permitir que os homens destruíssem tudo o que havia de belo no mundo.

Eu achava que ele tinha razão na sua revolta. Mas intuía que era preciso se ter esperança. Que nada é por acaso e tudo tem um sentido que está além do que podemos enxergar. Sentia isso, mas não tinha força para afirmar porque não sentia a dor que ele sentia, por mais que quisesse. Eu queria pegar para mim toda aquela dor para fazê-lo parar de sentir tanto. Mas, não podia fazer isso.

"Eu sei que você sente tudo isso porque tem uma luz muito forte, mais forte do que a minha", eu lhe dizia. Eu o admirava. Sentia que tínhamos algo a cumprir nessa vida, eu e ele. Eu precisava dele como ele precisava de mim.

Capítulo 4

No final de outubro, nuvens carregadas se formavam no horizonte, cada vez mais perto da cidade. O vento agora vinha do noroeste e, com ele, vieram as primeiras chuvas. As noites eram iluminadas pela luminosidade efêmera dos relâmpagos, que prenunciavam a mudança na paisagem do Cerrado. A terra seca e as plantas sedentas recebiam as primeiras águas com gratidão e as pessoas reorganizavam as suas rotinas. Os guarda-chuvas agora ficavam à mão, os varais eram esticados dentro de casa, as cadeiras e outros objetos eram retirados dos quintais onde haviam sido deixados pelos últimos meses. As pessoas saíam de suas casas com menos frequência e até as moscas e formigas se recolhiam enquanto a cidade se aquietava. A chuva vinha abrandando o calor insuportável de outubro e o som das águas caindo nos telhados embalava o sono refrescado dos moradores de Alto Paraíso.

Num desses dias chuvosos, eu estava no mercado quando vi o Araújo olhando indeciso para a seção de granolas.

"Oi", eu falei com um sorriso. "Tudo bem, Araújo?"

"Oi menina!", ele retribuiu o sorriso. "Tudo bem. E você? Como está?"

"Eu estou bem".

"Ah! Que bom, que bom".

Eu sorri e fiz a intenção de voltar às compras, mas pensei melhor e perguntei: "Araújo, eu estou procurando trabalho. Por acaso, você não está precisando de ajuda lá na pousada?"

Ele olhou para mim surpreso e eu logo acrescentei: "Eu sou boa com redação e números. Também falo inglês fluente".

"Ah, sim? Isso é muito bom. Sabe, sempre chega uns hóspedes estrangeiros que não falam português. Eu não falo muito bem o inglês, mas consigo me comunicar bem com gestos". Ele riu. "Bom, eu vou falar com os donos — sabe, eu sou só o gerente —, mas por que você não passa lá na pousada na segunda-feira e a gente vê o que faz, hein?"

"Ah, que maravilha, Araújo! Eu fico muito, muito grata! Passo sim. De manhã?"

"Sim, pode ser de manhã". Ele pensou um pouco e perguntou: "Que signo você é?"

"Signo? Ah... Sou virginiana. Por quê?"

"Ah, virgem é um signo muito bom pra trabalhar. Muito organizado".

"Então tá, até segunda!", eu disse e segui com minhas compras. Araújo era uma pessoa muito simpática. Seria ótimo trabalhar com ele na pousada.

Na segunda-feira, lá estava eu, na recepção da pousada. Ao que parece, Araújo havia conversado com os donos e tinha conseguido convencê-los a me dar um emprego. Eu ajudaria a responder os e-mails, fazer a tradução dos textos do *site* da pousada para o inglês, e passar os dados do livro de registro para uma planilha eletrônica. Além, é claro, de ajudar a recepcionar os hóspedes. Eu deveria entrar na pousada às três horas da tarde e sair às nove horas da noite. O lado negativo é que quase não veria o Gustavo nos dias em que ele saísse de manhã para guiar. Mas ele não guiava todos os dias, então, estava tudo bem.

Quando contei para Gustavo a notícia do meu novo emprego, resolvemos comemorar com duas garrafas de vinho.

"Talvez a gente nem precise mais alugar os quartos então", ele disse. "Com o dinheiro da pousada e das guiagens, a gente já consegue se virar, não?"

"Hum... Não sei. Fica meio apertado, eu acho". Fiz algumas contas mentais e disse: "A gente pode tentar guardar um tanto todo mês pra fazermos uma viagem. O que você acha?"

"Podemos... Pra onde você quer ir?"

"Hum... Deixa eu pensar... Eu ainda não conheço a Amazônia. E você?"

"Eu também não. Cheguei a ir até o Tocantins, mas não conheci a floresta ainda".

"Ou podemos fazer um mochilão pela América Latina", sugeri.

Ele pousou seus olhos verdes sobre os meus com uma expressão desconfiada. "Você não daria conta de um mochilão".

"O quê? Claro que daria", disse ofendida.

"Carregar a sua própria mochila o tempo todo, dormir em hospedagens sujas, e andar em ônibus velhos?"

"Claro que eu dou conta! Eu também posso ser aventureira, sabia? E, além do mais, você vai estar comigo pra me proteger".

Ele não resistiu a esse último argumento e me deu um beijo demorado. Depois me deitou na cama e disse: "Vem cá, minha aventureira. Vamos aproveitar que a casa está vazia pra fazer bastante barulho".

Naquela mesma madrugada, acordei assustada com o barulho da porta batendo. Gustavo não estava no quarto. Saí para a sala e vi que ele estava deitado de bruços, de roupa e tênis, na cama do seu antigo quarto.

"Gu?", chamei, entrando no quarto.

"Que foi?", ele perguntou grosseiramente sem olhar para mim.

Fiquei parada por alguns instantes, sem entender o que estava acontecendo. Ele levantou a cabeça e repetiu a pergunta com agressividade, irritado com a minha mudez: "Que foi, Sarah?"

"Está tudo bem? Você está chateado comigo?", perguntei enquanto me aproximava. Sentei-me ao lado dele e acariciei suas costas com ternura.

"Tá tudo bem. Me deixa em paz um pouco, pode ser?", ele não parecia o Gustavo que eu conhecia. O cheiro de álcool exalava de todos os seus poros.

"Você saiu de casa?", eu estava confusa. "Você está cheirando a cachaça! O que aconteceu Gustavo?", perguntei assustada.

"Eu saí pra beber, tá bom?", ele se levantou, mas tropeçou em uma mochila que estava jogada no chão. "Bosta! Caralho!" Gustavo estava completamente transtornado. Meu coração batia aceleradamente.

"Que foi?", ele continuou gritando. "Eu não fiz nada demais! Não transei com ninguém, tá bom?"

Fiquei sentada na cama completamente paralisada, sem saber como reagir. De repente, uma mudança se operou nele. Ele se sentou ao meu lado na cama e se abaixou colocando o rosto entre as mãos. Fiquei calada, sentindo o sangue pulsar em cada centímetro do meu corpo. Depois de um tempo, ele levantou a cabeça e colocou o braço em volta do meu pescoço. "Você sabe que eu te amo, não sabe?", ele disse e começou a me beijar, mas seu braço estava pesado e estava me machucando. Tirei os braços dele de cima de mim, me levantei e perguntei com toda a calma que consegui reunir: "o que está acontecendo com você, Gustavo? Por que você está agindo assim?"

Para a minha surpresa, ele colocou novamente a cabeça entre as mãos e começou a chorar. Aquele homem lindo, forte e perfeito estava soluçando como uma criança. Olhei para ele sem saber se sentia raiva ou pena. Fiquei em silêncio, minha mente acelerada tentando decidir como reagir. Respirei fundo, tentando acalmar o meu coração e falei com calma, mas não consegui esconder certa angústia na minha voz: "Gustavo, por favor, me fala. O que está acontecendo com você? Você está me assustando!"

Ele chorava compulsivamente. "Desculpa, meu bem. Me desculpa", ele balbuciou.

E então, fui eu quem o abraçou com ternura, acariciando as suas costas. "Está tudo bem", eu disse com carinho, como quem consola uma criança machucada. "Vai ficar tudo bem". Ficamos assim em silêncio durante alguns minutos, até que eu disse: "Vem, vamos deitar. Está tarde. Amanhã a gente conversa". Ajudei-o a se levantar e ir para o nosso quarto, ajudei-o a tirar o tênis e a calça e a deitar-se na cama. Fiquei ao seu lado acariciando-o até que ele caiu num sono pesado.

No dia seguinte, acordei e preparei o café. Já eram dez horas da manhã e Gustavo ainda estava dormindo, mas deixei-o descansar. Ele acordou quase meio dia. Eu estava lá fora no quintal fumando um cigarro. Ele serviu-se de café e foi lá fora sentar-se ao meu lado no banco de madeira que ainda estava úmido por causa da chuva da madrugada. Ficamos em silêncio, olhando para o buraco circular da fogueira, onde agora restava apenas uma pilha de galhos molhados. Até que ele começou a falar. Ele estava calmo agora e me contou a sua história.

"Eu tenho esse... problema", ele disse buscando com cuidado as palavras, olhos fixos na fogueira apagada. "A primeira vez que eu fiquei internado eu tinha quatorze anos. Eu não posso beber, sabe? Eu tento falar pra mim mesmo que eu posso, que eu consigo controlar, que é só um vinho. Mas a verdade é que eu não posso. Eu sinto muito ter gritado com você daquela forma. Eu realmente não queria que você me visse daquele jeito. Eu não queria". Ele colocou o rosto entre as mãos. "Eu não queria".

Acariciei suas costas com carinho. Ele estava vulnerável, e eu o acolhi. Passei a mão na sua cabeça e disse que tudo ficaria bem, que iríamos trabalhar isso juntos e que eu iria ajudá-lo a ficar bem. Eu tinha certeza de que, comigo ao seu lado, tudo se resolveria. Só precisávamos um do outro.

Nos dias que se seguiram, não bebemos mais. Gustavo pegou um grupo de turistas que guiou por quatro dias seguidos e isso o ajudou a sentir-se melhor consigo mesmo. Eu também estava animada com o trabalho na pousada. Gostei do trabalho e sentia que poderia fazê-lo bem. Além disso, o Araújo se mostrou ser uma ótima companhia. Eu e ele nos demos bem e as tardes no trabalho eram agradáveis.

"Você sabe qual é o seu ascendente? Ou a sua lua?", Araújo me perguntou quando chegou na recepção com uma térmica de café e dois copos.

"Sei. Meu ascendente é peixes e minha lua é em leão".

"Ah! É mesmo?", ele franziu a testa e passou a mão no queixo. Minha configuração astrológica parecia ser um caso muito interessante.

"Isso é muito ruim?", perguntei em tom de brincadeira.

"Ah, não, não. De forma alguma", ele procurou me apaziguar. "É uma ótima configuração. Com um bom equilíbrio entre os elementos. Eu sabia que você deveria ter algum elemento de água, porque você é doce e mais flexível do que outras pessoas de virgem".

"Ah, que bom", eu disse satisfeita. "E qual é o seu signo, Araújo?"

"Eu sou de aquário, com ascendente em gêmeos e lua em peixes".

"Ah, então está tudo explicado!", falei brincando e ele deu risada.

Nesse dia, descobri que o Araújo tinha vindo para Alto em 1985, para morar em uma comunidade alternativa. Ele havia largado a faculdade de Direito e vindo para Alto Paraíso junto a uns amigos que estavam cansados do "sistema" e queriam construir a Nova Era.

"Meus pais acharam que eu tinha ficado completamente louco. Imagina, menina, meu pai era a primeira geração da família que nasceu na cidade, e cresceu ouvindo os pais falando das dificuldades da vida no interior, e agora o filho largar tudo, largar a faculdade, pra ir morar no mato!"

Eu realmente simpatizava com ele. Afinal, mais de vinte anos depois e meus pais tinham reagido da mesma forma. "Meus pais também me acharam louca de vir pra cá", eu disse.

"Ah, mas hoje Alto Paraíso está diferente. Hoje você encontra tudo aqui. Naquela época essa região era muito pobre. Era muito difícil a vida. Por isso, muitos foram embora. Mas eu fui ficando. Minha filha nasceu aqui, cresceu aqui. Depois ela foi pro Rio com a mãe, fez faculdade de Biologia lá. Agora ela mora em Paraty e trabalha com projetos de conservação", ele disse cheio de orgulho. "Mas eu não consegui sair daqui, não".

"Eu também não quero sair não", concordei. Ele abriu um sorriso e se serviu de mais café.

Às vezes, Gustavo ia me buscar na pousada ao final do expediente para voltarmos juntos para casa. Mas ele não gostava do Araújo. Quando chegava à pousada e nos via rindo e conversando, ficava irritado e, às vezes, era até grosseiro com o meu gerente.

"É que você não percebe, meu bem", ele me disse mais de uma vez. "Mas aquele cara está dando em cima de você".

"Deixa de ser bobo, Gustavo!", eu respondia dando risada. "Ele tem idade pra ser meu pai!" Intimamente, gostava de vê-lo com ciúmes. Eu entendia. Eu sabia que ele precisava de mim tão visceralmente quanto eu precisava dele. Seus ciúmes eram quase como uma declaração de amor.

Quando recebi meu primeiro salário, não resisti à tentação e me deliciei comprando algumas roupas novas. Eu tinha trazido poucas roupas comigo na mochila e precisava de mais roupas para trabalhar. Seguindo o estilo da cidade, comprei duas saias longas e um vestido indiano. Afinal, eu estava em Alto Paraíso, poderia abandonar a calça *jeans* agora. Quando eu cheguei na pousada com meu novo visual, Araújo pareceu aprovar.

"Você fica muito bonita de saia", ele disse de forma amigável.

"Obrigada!", respondi satisfeita.

Naquela noite, cheguei em casa por volta das dez horas e encontrei Gustavo no quarto tomando uma lata de cerveja. Jogadas no chão estavam mais algumas latas. Meu coração disparou e minhas pernas ficaram trêmulas.

"Você está bebendo?", perguntei incrédula. Por que ele fez isso? "Gustavo!"

"Eu sei que você está ficando com aquele velho lá", ele afirmou de forma grosseira. "Para de mentir pra mim porque eu não sou trouxa!"

"Para com isso, Gustavo! Você acha que eu ia ficar com ele se eu estou com você? Quem você pensa que eu sou?", respondi com o corpo tremendo.

"Para de mentir pra mim, Sarah", ele levantou-se, pegou o abajur e o atirou com toda força ao chão.

"Gustavo!" Peguei o abajur do chão, mas ele estava completamente destruído. "Sai do quarto agora!", gritei com raiva. "Agora! Sai daqui!"

Gustavo pegou a sua mochila e saiu esbarrando nos móveis e batendo a porta da casa atrás de si. Eu me sentei na cama e chorei. Devo ter chorado por mais de meia hora seguida. Já fazia alguns dias que eu estava atrasada e ia contar para o Gustavo, naquela mesma noite, que eu havia passado na farmácia e comprado um teste de gravidez. Mas nem tive tempo de contar.

Fui para o quintal fumar um cigarro e, quando consegui me acalmar, resolvi fazer o teste. Tampei o bastão e fiquei aguardando cinco minutos, conforme as instruções da bula. Enquanto esperava, fiquei pensando em tudo o que aconteceu. Se eu estivesse grávida, era bem provável que eu acabasse criando o filho sozinha. Ele não estava pronto para ter um filho. Nem eu, para falar a verdade. Como eu iria fazer? O trabalho na pousada era bom, mas não me via fazendo isso para sempre. Seria possível criar um filho com um salário mínimo? Precisaríamos de mais um quarto da casa agora, e perderíamos parte da renda do aluguel. E se Gustavo não conseguisse parar de beber? Como criaria um filho com ele assim?

Embora todos esses pensamentos cruzassem a minha cabeça, meu coração, meu útero e todo o meu corpo desejavam ardentemente que desse positivo.

Não tinha nenhuma lógica. Mas eu queria. Olhei no celular. Cinco minutos. Abri a tampa. Havia duas linhas ali? Sim, havia. Duas linhas. Instintivamente, levei as mãos ao ventre.

    Senti meu corpo relaxar e sorri. Peguei meu tabaco e saí na varanda. Depois me lembrei que não poderia mais fumar agora. Não tinha pensado nisso antes. "O último então, de despedida", disse para mim mesma. Traguei o cigarro com prazer enquanto minha mente continuava a analisar todas as possibilidades. Eu poderia tirar o bebê. Ilegal, sim, mas possível. Mas essa ideia não durou mais do que alguns segundos. Aquela criança era fruto do amor. Eu e Gustavo nos amávamos. Eu sabia disso. A gente precisava um do outro. Como poderia não querer uma criança que surgiu de um amor tão intenso e verdadeiro? Não, era nosso destino ter esse filho. Eu cuidaria de Gustavo. A gente faria dar certo.

    Estava ansiosa para contar para ele. Já havia ensaiado de mil formas diferentes como daria a notícia. Mas onde ele estava? Deu meia noite e ele não havia voltado. Embora eu quisesse esperar, um sono incontrolável tomou conta de mim.

    No dia seguinte, acordei com o dia claro. Olhei no celular, eram onze horas da manhã. Onze horas! Gustavo não estava na cama e nem na casa. Olhei no quintal, na varanda, no banheiro. Será que ele ficou trancado para fora? Mas conferi a porta da frente e ela tinha ficado destrancada. Onde ele estaria? Depois do almoço, fui para o trabalho olhando para todos os lados, esperando encontrá-lo em algum lugar. Entrei na padaria, nada de Gustavo. Onde ele estaria?

    Araújo percebeu que eu estava estranha, mas me deixou quieta e o dia se passou praticamente em silêncio. Em algum momento, ele me perguntou: "Está tudo bem, menina?"

"Não", respondi sinceramente. "Mas vai ficar".

Depois de mais um tempo em silêncio, ele me perguntou: "E você já viu algum OVNI desde que chegou aqui na Chapada?"

Eu demorei um tempo até conseguir compreender a pergunta e disse que ainda não. "E você, já viu?", perguntei.

"Ah, sim. Por três vezes eu já vi. Este ano mesmo eu vi um lá no Jardim de Maytrea. Sabe onde é?"

"Sei, já passei por lá, no caminho pra São Jorge, não é?"

"Isso. Lá mesmo. Aquele lugar é famoso pelos avistamentos. Essa vez, eu estava com mais quatro pessoas no carro, e paramos ali na estrada para tirar foto. Daí eu vi um objeto bem brilhante no céu. Não era avião, veja bem. Avião só anda pra uma mesma direção. A luz que eu via descia, subia, ia pra um lado e depois pro outro, se movendo no céu".

"É mesmo?"

"Daí eu perguntei pros meus amigos: 'Vocês estão vendo isso?'. Todos estavam vendo. Não seria possível os quatro imaginarem a mesma coisa. Depois a luz desceu e desapareceu de trás dos morros".

Vendo meu interesse, Araújo contou de todos os avistamentos que presenciou e dos que ouviu falar. De vez em quando, uma pontada na barriga me lembrava da gravidez e eu sorria ao imaginar um pequeno ser crescendo ali. Depois me perguntava onde estaria o pai desse pequeno ser, e sentia uma pontada no peito.

Gustavo só voltou para casa na madrugada seguinte, com o dia quase nascendo. Foi direto para o seu antigo quarto. Deitou-se na cama sem nem tirar as roupas imundas e caiu num sono pesado. Eu estava na suíte e o vi entrar, mas não o procurei. Apenas respirei aliviada, agradeci ao grande espírito por ele estar em casa e voltei a dormir. Levantei com o sol já alto no céu. Eu estava com uma forte azia e, depois de comer alguma coisa para assentar o estômago, comecei a fazer o almoço. Algum tempo depois, ele se levantou e passou pela cozinha.

"Eu vou tomar um banho e já venho falar com você", ele disse, entrou no banheiro e o ouvi ligar o chuveiro.

Passei um café para ele e ofereci quando ele saiu do banho com a toalha na cintura. Ele parecia péssimo. Sua cara estava abatida e seu olhar exprimia vergonha. Ele chegou de cabeça baixa, como um cachorro que sabe que fez coisa errada. Não falou nada e me abraçou. Eu passei os braços pela sua cintura e o abracei também, apoiando meu rosto no seu peito úmido e sentindo o cheiro de sabonete na sua pele.

"Me perdoa?", ele perguntou sem me soltar.

Não respondi, mas o abracei mais forte. Claro que o perdoava. Eu o amava demais. Soltei-me do abraço, sentei-me no banco e acenei para que ele se sentasse também. Olhei-o nos olhos e disse: "Tenho uma notícia pra você. Estou grávida", declarei sem conseguir conter um sorriso.

Ele me olhou com uma expressão séria, mas, vendo o meu sorriso, sorriu também e disse: "Eu sabia. Você acredita? Eu já tinha sonhado que você estava grávida. Vai dar tudo certo, Sarah. Eu vou parar de beber. Decidi que vou procurar o grupo do AA aqui de Alto Paraíso e vai dar tudo certo".

Eu o abracei e ficamos um longo tempo naquele abraço, nossa respiração se regulando em um mesmo ritmo. Senti-me novamente segura em seus braços.

Capítulo 5

Durante os primeiros meses da gravidez, nossa vida parecia perfeita. Eu estava cada vez mais apaixonada por Gustavo. Não tínhamos amigos nem vida social, só um ao outro. E isso nos bastava. Eu estava feliz. Íamos sempre caminhar até uma pequena cachoeira que ficava a uns dois quilômetros da nossa casa, uma antiga usina hidrelétrica. Ríamos muito juntos. Ele acariciava a minha barriga e ficávamos horas pensando em nomes para o bebê e em como ele seria e no que faríamos juntos. Fazíamos planos de comprar uma terra e construir a nossa própria casinha de bioconstrução.

Muitas manhãs, quando Gustavo saía para guiar, eu gostava de ir sozinha até o rio, colocar os pés na água gelada, depois deitar debaixo da sombra de uma árvore, ouvindo somente o som da água correndo e dos passarinhos cantando. Sentindo o meu corpo apoiado no corpo da terra, observando as nuvens correndo rápidas pelo céu. Fechar os olhos e me sentir em total união com a natureza. Sentia-me plena.

Amava cada dia mais aquela casa em que vivíamos. Toda semana eu tirava as traças e teias de aranha que teimavam em se acumular nas paredes. Enquanto isso, Gustavo cuidava do jardim, tirando as braquiárias que teimavam em crescer no quintal. Tucanos, araras e muitos outros pássaros eram frequentadores do nosso quintal, principalmente da mangueira e do abacateiro. Gustavo teve recaídas ocasionais, mas ele cuidava bem de mim. Todas as noites agora ele me fazia sopa e todas as manhãs me fazia sucos de frutas frescas.

Mas, frequentemente, ele sumia por um tempo e voltava com alguma desculpa esfarrapada. Às vezes dizia que ia encontrar uns clientes no centro, às vezes inventava uma desculpa para ir ao mercado e voltava várias horas depois com um pacote de biscoito. Se eu demonstrasse que estava desconfiada, ele ficava chateado. Então, eu tentava não demonstrar. Mas essa tensão estava sempre presente dentro de mim.

Vez ou outra, ele recaía mais fundo e o padrão se repetia: ele mentia, bebia, brigava, gritava, quebrava coisas, depois se arrependia e pedia perdão, e eu o abraçava, e fazíamos amor, e tudo ficava bem de novo. Admito que eu gostava dessa agitação na minha vida. Nunca me sentia entediada com ele. A minha vida em São Paulo tinha sido tão estagnada e tão vazia por tanto tempo, mas agora Gustavo trazia movimento, drama, intensidade. Ele preenchia a minha alma sedenta por vida. Mesmo o medo, o tremor e a raiva que eu sentia quando ele bebia, tudo isso era vida para mim. E eu precisava disso.

Às vezes, eu acordava durante a noite e não o sentia na cama ao meu lado. Meu coração já disparava. "Gu?", chamava-o para me assegurar de que ele estava em casa.

"Oi", ele respondia da cozinha.

Então, respirava aliviada e voltava a dormir. Quando ele não respondia, já sabia que ele tinha saído para beber. Perdia o sono e ficava esperando-o voltar. E quando ele voltava, fazia-o tomar banho, punha-o para dormir e me deitava ao seu lado, abraçando-o com todo o meu corpo. Eu dependia dele como ele dependia da bebida. Quando eu estava no trabalho, só conseguia pensar se ele estaria bem ou se estaria bebendo. Quando chegava em casa e ele não tinha ido guiar, procurava, disfarçadamente, sentir cheiro de álcool em seu hálito.

    O que eu não admitia era que, na verdade, ansiava pelas suas recaídas. Quando ele recaía, eu podia brigar com ele, xingar, chorar, com todo o direito do mundo, pois ele era o único a ser culpado. Quanto mais fundo ele caía, mais eu criava para mim mesma a imagem de mulher sofredora e compreensiva. Quando ele recaía era quando ele mais precisava de mim, quando mais se mostrava vulnerável e isso me deixava segura. Ele nunca me deixaria, pois eu era a única que o aceitava incondicionalmente.

    Quando dezembro chegou, pensei em ir até São Paulo para passar o Natal com meus pais e contar a novidade pessoalmente, mas não queria deixar Gustavo sozinho. Então, liguei e dei a notícia por telefone para a minha mãe. Ela imediatamente decidiu que viria para Alto Paraíso conhecer Gustavo e a minha casa e ajudar a preparar o quarto do bebê. Ela comprou passagens, então, para depois do carnaval, época em que eu poderia tirar alguns dias de folga da pousada.

    No dia anterior à sua chegada, passei o dia limpando e arrumando a casa, para dar a melhor impressão possível. Deixei tudo em ordem, fiz feira, pedi para Gustavo capinar o quintal e tudo parecia perfeito. Naquela noite, não parava de pensar, ansiosa, na chegada de minha mãe. Nós duas éramos completamente diferentes e, quando morávamos juntas, brigávamos muito. Vanessa tinha sido uma atriz muito bonita e desejada quando mais jovem. Casou-se com Alberto, meu pai, um empresário bem estabelecido, que ofereceu a ela tudo o que o dinheiro poderia comprar: um apartamento espaçoso e finamente decorado, roupas de marca, um carro novo a cada ano e uma empregada para fazer todo o trabalho doméstico. Ela parou de trabalhar e a sua vida passou a girar em torno da casa. Tudo tinha de estar o tempo todo perfeito. Qualquer coisa fora do lugar a irritava. Sua diversão era passear no *shopping* aos finais de semana e acompanhar as novelas de TV durante a semana. Quanto mais envelhecia, mais vaidosa ficava, e não saía de casa sem passar maquiagem e fazer escova nos cabelos. Suas unhas estavam sempre bem feitas e a sua elegância era impecável.

Creio que desapontei a minha mãe em muitos aspectos. Nunca fui vaidosa, nem gostei dos passeios no *shopping*. Não entrei na faculdade de Administração como ela tanto queria, para trabalhar junto a meu pai. Ao invés disso, estudei Letras, já que tinha amor aos livros. Mas nossas brigas cotidianas sempre giravam em torno da arrumação da casa, já que os padrões que ela estabelecia para a nossa vida em comum eram bem difíceis de serem mantidos por qualquer pessoa sã. Por isso, quando consegui o emprego na Secretaria de Educação em São Paulo, meu primeiro salário foi usado para alugar um pequeno apartamento só para mim. Desde então, nossa relação melhorou muito e nos encontrávamos pelo menos uma vez por semana para jantar fora.

A minha decisão de vir morar em Alto Paraíso e largar o emprego como funcionária pública, com toda a estabilidade que ele me permitiria, foi um golpe duro para ambos os meus pais. E eu estava ansiosa por provar a eles que havia tomado a decisão correta e que eu estava vivendo bem. Ela chegaria no dia seguinte às onze horas da manhã em Brasília e viria para Alto Paraíso com um dos carros que fazem serviço de translado entre as duas cidades.

No dia seguinte, depois de eu ter passado o dia ansiosamente reorganizando a casa, novamente varrendo e passando pano, para não deixar nenhuma possibilidade de crítica à nossa casinha, minha mãe chegou por volta das quatro horas da tarde. Ouvi o carro parando na porta de casa e a voz dela conversando com o motorista. Saí lá fora, abraçamo-nos, peguei a sua mala e entramos. Ela parou na soleira da porta e olhou minuciosamente em volta.

"Você não tem forro no teto da casa?", foi a primeira pergunta que ela fez. Ela estava indignada: "Sarah, como você pode morar em uma casa sem forro!"

Senti uma onda de raiva percorrer o meu corpo. Esse comentário reativou todas as memórias que eu tinha da capacidade da minha mãe de encontrar motivos para crítica em tudo. Mas respirei fundo e procurei ignorar o comentário. Fiz um *tour* da casa, mostrei o quarto onde ela ficaria hospedada (meu antigo quarto), o banheiro, a cozinha e o quintal. Ela olhava tudo com uma expressão de repulsa que fingi não notar.

"Gustavo foi guiar e ainda não voltou", eu disse. "Mas deve estar para chegar a qualquer momento. Vou passar um café pra gente. Comprei um bolo na padaria, acho que você vai gostar".

Enquanto eu passava o café, ela foi para o quarto organizar suas roupas na arara. Dali a pouco, ouvi um grito vindo de lá e corri para ver o que tinha acontecido. Ela estava de pé em cima da cama, tremendo de agitação, apontando para um pequeno grilo que estava no chão, no canto do quarto.

"Calma, mãe. É só um grilo. Ele não faz nada", disse eu, rindo da situação.

"Mate ele, pelo amor de deus!", ela demandou, aflita.

Eu coloquei a minha mão na frente do grilo e consegui fazê-lo subir nela, depois o depositei gentilmente em uma folha no quintal. Quando voltei, Vanessa ainda estava agitada. Levei-a para a cozinha para tomarmos um café com bolo e assim estávamos quando Gustavo chegou. Ele e minha mãe se cumprimentaram com muita educação. Minha mãe olhou para os *dreadlocks* no cabelo dele e perguntou: "Isso aí é seu cabelo mesmo?"

Eu me senti extremamente envergonhada pela forma grosseira como a pergunta foi feita, mas Gustavo soltou um riso sincero e falou: "É sim".

Gustavo foi, então, tomar banho e eu e minha mãe continuamos o nosso lanche da tarde.

"Aquilo no cabelo dele não dá piolho?", minha mãe perguntou depois que ele saiu.

"Não, mãe. Ele não tem piolho", esclareci pacientemente.

"Mas Sarah, você precisa colocar forro na casa. Pelo menos na cozinha e no quarto do bebê. Vou te ajudar a pagar. Amanhã, você chame alguém que possa fazer o serviço, pelo amor de deus!"

"Mas, mãe, esta casa é alugada! Você vai gastar o seu dinheiro com uma casa que não é nem minha?", protestei. Mas ela não quis saber e não descansou enquanto eu não prometi que chamaria alguém no dia seguinte.

"Os pernilongos estão me atacando toda", ela reclamou logo em seguida. "Vou mandar colocarem tela também em todas essas janelas. E é preciso dedetizar essa casa pra evitar entrar bichos. Imagine, quando o bebê nascer, se entra um escorpião e morde ele? Você também precisa ter uma máquina de lavar. Como você vai fazer, tendo que lavar roupa suja de bebê na mão? Impossível. Vamos amanhã à loja aqui comprar uma máquina pra você".

E assim, uma hora depois da sua chegada, minha mãe já tinha feito uma lista enorme de coisas que precisavam ser feitas na casa. Ela não quis nem saber de passeios em cachoeira — a programação para os dez dias em que ficaria conosco estava repleta de consertos e compras. Pelo menos, ela pareceu gostar de Gustavo. Ao invés de se irritar, ele parecia se divertir com o jeito dela e conseguia fazer gracinhas e piadas que a faziam morrer de rir.

"Ele é muito bonito e divertido", ela me disse um dia, quando ele não estava presente. "Pena que tem aquele negócio no cabelo. Ele tinha que tirar aquilo antes do bebê nascer. Tenta convencer ele, Sarah".

Gustavo realmente estava na sua melhor disposição durante a visita da minha mãe. Pacientemente ajudando a colocar as telas nas janelas e a fazer tudo o que ela pedia, embora de vez em quando desse umas saídas e se demorava a voltar, o que compreendi. Minha mãe insistia que fôssemos para São Paulo ter o bebê lá. Achava muito perigoso ter filho em uma cidade pequena, tão longe de qualquer hospital de qualidade.

"A gente aluga um apartamento pra vocês ficarem lá durante alguns meses e depois vocês voltam pra cá", ela insistia. Mas nem eu nem Gustavo tínhamos o menor desejo de ir para uma metrópole, por menor período de tempo que fosse.

E, assim, decorreram sete longos dias de estadia da minha mãe em nossa casa e eu estava pacientemente controlando os meus nervos para que tudo corresse sem nenhum tipo de briga. No entanto, no sétimo dia, eu acabei estourando. De manhã, havia a levado até a feira, mas ela logo quis ir embora, pois achou que as pessoas ali eram muito esquisitas. Voltamos para casa, mas ela continuou verbalizando todos os incômodos que sentia e todas as críticas que atravessavam a sua cabeça. As calçadas das ruas eram muito esburacadas e ela faria uma reclamação com o prefeito. Como pode uma cidade turística ter as ruas daquele jeito? O pão que ela gostava de comer não podia ser encontrado em nenhum mercado da cidade. Como eu poderia viver em uma cidade na qual não se encontrava nenhum produto de marca boa? Talvez nem fraldas boas tivesse aqui e ela disse que voltaria aqui antes do bebê nascer e traria muitas fraldas de qualidade. Eu já estava no limite da minha paciência. Íamos jantar na pizzaria naquela noite e estávamos nos arrumando para sair de casa. Eu coloquei a minha saia preferida, com estampa *tie-dye*, que havia comprado de um casal de artesãos da cidade. Quando ela me viu, me analisou de cima a baixo e perguntou: "Você não vai sair *assim*, vai?"

"Vou", respondi. "Qual é o problema?"

"Você está parecendo que vai a uma festa junina com essa saia. Pelo amor de deus, Sarah, eu não vou ao restaurante com você desse jeito".

Aquilo para mim foi a gota d'água. A raiva percorreu meu corpo e soltei um grito: "Não aguento mais!" Ela e Gustavo me olharam assustados. Eu continuei: "Não aguento mais, você não para de criticar tudo, nada está bom pra você, nada te deixa feliz, que saco!" Entrei no meu quarto e bati a porta como uma adolescente.

Logo em seguida, Gustavo entrou atrás de mim e falou: "Calma, Sarah. Nunca vi você nesse estado antes. Tem que ter paciência com a sua mãe".

"Eu não aguento mais, Gustavo. Ela não para de reclamar. Ela não me faz um elogio, é só crítica atrás de crítica", desabafei.

"Eu sei, Sarah, mas você precisa ter paciência. Daqui a poucos dias ela vai embora".

Eu precisei de mais um tempo para me acalmar e me sentir preparada para sair e fazer as pazes com Vanessa. Quando finalmente saí do quarto, a ouvi chorando descontroladamente no quarto dela. Senti-me péssima, a pior das filhas, e entrei no quarto para pedir desculpas.

"Depois de tudo o que eu fiz por você", ela me disse entre lágrimas, "depois de todo o meu esforço pra melhorar a sua casa, pra que você vivesse melhor, você me trata desse jeito? Você é muito ingrata. Eu não aguento o seu gênio. Quero ir embora amanhã pra São Paulo. Por favor, ligue na companhia aérea e peça pra adiantar a minha passagem. Não quero ficar mais aqui".

Eu tentei pedir desculpas de novo, convencê-la a ficar, faltavam apenas três dias para a data da sua viagem, mas nada a convenceu e acabei ligando e remarcando a sua passagem. Fiquei me sentindo culpada por não ter conseguido manter a minha própria resolução de não brigar. Acabei repetindo a bem conhecida dinâmica emocional que eu tinha com a minha mãe: um ciclo contínuo de irritação, explosão e depois pena e culpa. Pedimos uma pizza em casa e comemos em silêncio.

No dia seguinte cedo, o carro do translado passou em casa. Tentei abraçá-la antes de ela ir, mas ela estava ainda muito chateada comigo e foi embora com um semblante triste e poucas palavras. Eu passei o resto do dia me sentindo a pior pessoa do mundo. Mas, por sorte, minha mãe esquece as nossas brigas tão rapidamente quanto as provoca. E alguns dias depois do seu retorno para São Paulo, ela me ligou para contar animadamente que havia comprado um carrinho de bebê que seria ótimo para as ruas esburacadas de Alto Paraíso e pediu meu endereço para mandar entregar aqui. "Pena que a viagem é tão longa! Gostei tanto de Alto Paraíso e do Gustavo! Se não fosse tão longe eu iria pra aí na Páscoa". Eu fiquei surpresa ao ouvir esses elogios a Alto Paraíso. Será que ela já tinha se esquecido da lista de defeitos que havia encontrado na cidade?

"Mas, Sarah, pense bem no que te falei", ela continuou, "conversei muito com seu pai e estamos muito preocupados de você ter o bebê aí. Se acontece alguma coisa sem ter um hospital bom por perto, como você vai fazer?". Prometi a ela que pensaria no assunto. Não que tivesse a intenção de fazê-lo, apenas para fazê-la deixar o assunto de lado por um tempo.

Capítulo 6

Pouco tempo depois da visita de minha mãe, no início de março, fui com Gustavo até a feira e nos dividimos para fazer as compras. Quando terminei a minha parte, procurei Gustavo com o olhar e o vi do outro lado do galpão, a alguns metros de distância. Ele estava de costas para mim e conversava com uma mulher. Ela era bem jovem, devia ter uns 20 anos e era muito bonita. Magra, com cabelos negros, lisos e compridos, vestia uma regata azul e uma saia marrom escuro. Ele disse alguma coisa para ela e ela riu. Algo naquele riso e na forma como ela olhava para ele fez meu coração acelerar. Naquele momento, eu soube com toda a certeza que alguma coisa estava acontecendo entre eles. Aproximei-me deles e disse oi, mas, antes que ele pudesse nos apresentar, a mulher falou: "Bom, eu tenho que ir. Tchau!", e se afastou dirigindo a ele um sorriso e um olhar de cumplicidade que me deixou extremamente incomodada.

"Quem é ela?", perguntei.

"A Maria?", ele respondeu. "Ela é guia também. Ela guiou um grupo que eu já tinha guiado no ano passado e a gente estava falando sobre eles. Comprou tudo já? Eu também! Vamos, então?"

Poucos dias depois desse acontecimento, eu estava descendo a avenida principal quando vi Gustavo e Maria sentados em um banco na Praça do Skate engajados em uma conversada animada. Ele falava e gesticulava e ela ria muito. Continuei andando, mas o pensamento de que ele estava me traindo não saía da minha cabeça. Naquela noite, resolvi perguntar para ele diretamente:

"O que está rolando entre você e aquela guia?". O semblante dele se alterou e ele pareceu ficar agitado com a pergunta. Assegurou-me de que ela era apenas uma amiga e que não estava acontecendo nada entre eles.

"Se ela é só uma amiga", perguntei, "por que ela nunca vem aqui em casa ou fazemos algum programa todos juntos?"

"Não sei. Ela é uma amiga minha de muito tempo", ele explicou. "Ela está passando por uns problemas e veio desabafar comigo e me pedir conselho. Que foi, Sarah? Agora eu também não posso ter amigos?", ele perguntou irritado.

"Você jura que é só isso?", supliquei.

"Juro. Somos só amigos. Eu não olho pra ela dessa forma. Eu amo você, sua bobinha", e me deu um abraço.

Abracei-o forte, apoiando meu rosto em seu peito. Mas eu ainda não estava totalmente segura e perguntei: "Você promete pra mim que nunca vai ficar com ela?"

Ele deu risada como se aquela ideia fosse totalmente absurda. Afastou-se um pouco e, com as mãos nos meus ombros, olhou-me nos olhos e disse firmemente: "Claro que prometo, meu bem. Eu não quero mais ninguém, só você. E a gente é uma família agora, não é?"

Esbocei um sorriso e não toquei mais no assunto. Fiz todo o esforço possível para acreditar nele, mas algo dentro de mim gritava. Ele continuou cuidando de mim, fazendo sucos e massagens no pé, mas algo estava diferente e eu podia sentir.

Duas semanas depois, recebemos mensagem da Janaína nos convidando para um mutirão na casa dela na ecovila no domingo seguinte. Eu queria muito ir. Estava com saudades de conversar com ela. Queria compartilhar o que eu estava sentindo. Precisava de um olhar externo para me dizer se eu estava ficando mesmo paranoica. Mas eu ia trabalhar no domingo. Troquei algumas mensagens com ela e ela se dispôs a vir nos buscar de carro de manhã e me trazer de volta depois do almoço, a tempo de me deixar na pousada — eu só precisaria levar as coisas para tomar um banho lá antes de ir para o trabalho. Gustavo parecia bem animado com o mutirão e ficaria o dia todo lá, voltando mais tarde com alguma carona.

E assim fomos. Naquela manhã, o Gustavo já havia brigado comigo porque eu reclamei da louça que ele deixou na pia — nunca vi uma pessoa sujar tanta louça para fazer uma sopa — e Janaína nos pegou em casa já com um clima tenso. Janaína nos levou por vinte quilômetros de estrada até a porteira da ecovila. Passando pela porteira, seguimos por uma estrada de terra. Logo à esquerda, havia uma grande construção retangular de adobes com telhado de palha, que Janaína disse ser o centro comunitário. Depois, passamos por várias casas até entrar à esquerda, no lote de Janaína, onde já se podia ver um movimento de pessoas. Fiquei encantada com o lugar e com a casinha dela. Era um sobrado de adobe, com portas e janelas de madeira, em meio ao Cerrado. A porta da cozinha estava aberta e lá dentro havia uma mesa posta com café, bolo, pães e manteiga. Do lado de fora, dois homens pegavam terra de um grande buraco cavado no quintal e a colocavam em um grande monte mais próximo à casa, onde duas crianças de uns três ou quatro anos de idade brincavam de pular e escorregar na terra. Algumas mulheres peneiravam a areia enquanto outras já preparavam o almoço na cozinha.

Janaína estava coordenando as atividades e não tivemos chance de conversar em particular. Mas me distraí com o trabalho. Para fazer o reboco, era necessário misturar com os pés a massa de terra vermelha com argila, areia e água. Logo tirei os sapatos e me uni às crianças e outros adultos na deliciosa tarefa. Era estranhamente prazeroso sentir o barro escorrendo por entre os dedos dos meus pés, levantando o cheiro de terra molhada. Gustavo havia levado o violão e Rafael, um morador da ecovila, havia levado um bongô. Em pouco tempo, a tarefa de pisar o barro virou uma festa, ao som de música e risadas. Depois, era hora de colocar a massa em baldes e aplicá-la nas paredes. Os grãos de areia massageavam as palmas das minhas mãos e a atividade revelou-se extremamente relaxante.

Após algum tempo de trabalho, ao terminar uma parede, me vi ao lado de Janaína rebocando a mesma lateral da casa. Aproveitei que estávamos só nós duas e falei descontraidamente: "Jana, você não vai acreditar no que eu tenho pra te contar..."

Ela imediatamente parou seu trabalho e olhou para mim curiosa: "O quê?"

"Eu estou grávida!", anunciei com um largo sorriso no rosto.

"Sério?", ela arregalou os olhos. Depois de alguns segundos para digerir a notícia, ela completou: "Nossa, amiga, parabéns!" E me deu um abraço, cuidando para não encostar as mãos cheias de terra em mim. "Que coisa boa! Você está feliz?"

"Sim", respondi com sinceridade. "Muito feliz".

"E você vai ter o bebê onde?", ela perguntou enquanto voltava a trabalhar.

"No hospital daqui, acho", respondi.

"Muitas mulheres aqui em Alto têm o bebê em casa, sabia? Aliás, aquelas duas crianças ali nasceram aqui na ecovila. Posso te passar o contato da parteira, se quiser".

"Tá... Mas eu não sei se me sinto segura pra ter o bebê em casa", eu disse enquanto parava para olhar o resultado do nosso trabalho na parede.

"Bom, eu te passo o contato, você conversa com ela e vê como se sente. Não custa conversar e ver as opções, não é?" Janaína também parou para olhar a parede. "Falta só fazer aqui em baixo, está vendo? Vou pegar mais massa".

Janaína saiu e eu fiquei imaginando como seria ter um parto em casa. Até que não me parecia uma má ideia. Com certeza, eu me sentiria muito mais à vontade em casa do que no hospital. Quando Janaína voltou com o balde cheio, eu comentei, rindo: "Meus pais ficariam loucos se eu dissesse que vou fazer o parto em casa".

"Amiga, o mais importante é você se sentir segura, não importa se for em casa, no hospital, cesariana ou normal. Tem muitas mulheres que preferem ir para Brasília e fazer o parto em um hospital, com UTI perto e tudo o mais. O importante é *você* estar tranquila".

"Tá, me passa o contato dessa parteira, então. Vou falar com ela e sentir".

"E o Gustavo, como reagiu à notícia?", ela perguntou num tom de voz mais baixo.

Olhei para Gustavo. Ele tinha parado de tocar e agora estava fumando um cigarro recostado em uma árvore. "Ele ficou feliz, eu acho. Disse que tinha sonhado com isso antes de acontecer".

Gustavo nos viu olhando para ele e veio na nossa direção. Peguei mais massa e voltei ao trabalho. Gustavo se aproximou, olhou para a parede e disse com aprovação: "Ficou muito bom o reboco de vocês!"

"Fiquei sabendo da novidade", disse Janaína. "Parabéns!"

Gustavo demorou para entender do que ela estava falando. Até que caiu a ficha e ele disse: "Ah! Valeu!" E completou em tom de brincadeira: "Agora eu vou ter que tomar jeito na vida, não é?"

"Espero que sim!", ela disse seriamente. "Você vai ser pai agora, não é?"

Ele riu, mas, ao ver que ela estava falando sério, logo parou e olhou para ela franzindo as grossas sobrancelhas. Ela segurou o olhar e eles ficaram alguns segundos se encarando. Será que a Janaína sabia do problema dele?

"Bom", disse eu, interrompendo o que quer que estivesse acontecendo entre eles. "Acho que vou tomar um banho!"

A ducha ficava no próprio quintal, em um círculo fechado com bambus e com piso de pedras. O sol estava alto no céu e a água fria era extremamente revigorante. Depois do banho, entrei na cozinha e ajudei as mulheres — que se chamavam Thais e Beatriz — a finalizar e servir o almoço, enquanto elas compartilhavam histórias de partos de algumas mulheres da ecovila. Quando o almoço ficou pronto, Bia convidou todo mundo a fazer uma roda em torno da mesa, de mãos dadas, e Janaína falou algumas palavras.

"Eu quero agradecer a todos vocês por estarem aqui hoje, colocando a sua energia aqui na minha casinha. Com certeza, ela ficou agora muito mais especial. Quero agradecer também às meninas que ficaram na cozinha fazendo esse rango maravilhoso pra gente. Gratidão! E quero aproveitar também pra celebrar um novo ser que está chegando ao mundo" — nesse momento, ela olhou para mim — "Minha amiga, Sarah, aqui, que está grávida".

Todos os presentes saudaram o novo ser com "Aho", "Haux haux" e "Axé". Depois, Janaína convidou a Bia para falar o cardápio do almoço: arroz integral, feijão preto, farofa, "banana louca" (uma receita feita com as cascas da banana), couve, mandioca cozida e torta de legumes. Depois de mais alguns gritos de "Aho", em meio ao som de estômagos roncando, todos foram liberados para se servirem.

    O almoço foi animado e a comida estava deliciosa. Quando terminei de comer, já eram quase duas horas da tarde, e chamei Janaína para irmos para a cidade. Despedi-me de Gustavo com um abraço. Ele me abraçou forte, roçou a barba no meu rosto e me beijou, toda a tensão da manhã dissolvida com a descontração do dia de trabalho coletivo. Pensei que teria a oportunidade de conversar mais com Janaína na volta para a cidade, mas o Rafael decidiu pegar uma carona com a gente, então a conversa no carro acabou girando em torno de bioconstrução. Ele estava compartilhando algumas receitas para impermeabilizar a parede com produtos naturais.

    Quando Rafael desceu do carro para abrir a porteira, vimos um carro chegando na ecovila com duas mulheres dentro. Quando o carro passou por nós, Janaína as cumprimentou e eu vi Maria no banco do passageiro. Pelos breves instantes em que nossos olhares se cruzaram, ela sorriu para mim, e eu senti como se estivesse caindo do décimo andar de um prédio. Seguimos para a cidade e Janaína me deixou no trabalho, mas o tempo todo em que fiquei na pousada meu coração disparava no peito toda vez em que eu imaginava os dois juntos na casa da Jana.

    Naquela noite, Gustavo estava particularmente animado, o que me deixou mais irritada ainda. Quando eu entrei no banheiro e vi o chão todo molhado, acabei gritando com ele. "Custa passar o rodo depois de tomar banho?" perguntei de forma grosseira.

    "Eu passei o rodo, Sarah", ele respondeu no mesmo tom. "Que saco! É só água! Qual o problema?"

"O problema é que depois você pisa de sapato aqui dentro e fica todo sujo o banheiro!"

"Pode deixar que amanhã eu lavo o banheiro, Sarah".

Deitamos na cama, mas eu custei a dormir. A imagem de Maria chegando na ecovila com aquele sorriso condescendente para mim fazia meu sangue fervilhar. Gustavo já tinha dormido e olhei para o celular dele em cima da cômoda. Fiquei algum tempo lutando contra o impulso de olhar as suas mensagens. Será que eu estava ficando paranoica? Será que eu estava tão apegada que não conseguia admitir a possibilidade de ele ter uma amiga? Eu realmente não queria ser essa pessoa. Mas, não resisti, e olhei as suas mensagens.

A sensação de vertigem voltou na hora. A conversa entre eles era de intimidade. Ela havia dito para ele que estaria no mutirão, e ele tinha feito questão de comentar que eu ficaria no mutirão só até a hora do almoço. Eles já tinham combinado de ir juntos para cachoeiras, a maior parte das vezes a convite dela. Será que ela não sabia que eu estava grávida do filho dele? Por que ela nunca sugeriu me convidar para os passeios ou tentar me conhecer melhor? Entendia a necessidade de ele ter amigos, mas por que não poderia compartilhar pelo menos alguns desses momentos de amizade comigo? Coloquei o celular dele no lugar e não toquei mais no assunto. No entanto, toda vez que eu saía de casa e passava pela praça, meu coração acelerava e temia encontrá-los de novo juntos. Quando esses pensamentos me atormentavam, lembrava-me da promessa que ele tinha me feito. Ele havia me prometido que nunca ficaria com ela. Eu precisava confiar nisso, e me agarrei a essa promessa, embora já soubesse dentro de mim que não passava de uma promessa vã.

Capítulo 7

No início de maio, eu já estava com seis meses de gravidez. Havia acabado de fazer um ultrassom em Brasília e descobri que seria uma menina. Eu pude ouvir o coração dela batendo e não pude evitar as lágrimas. Havia dois corações dentro de mim, duas pulsações, duas vidas. Minha barriga já estava mais evidente e eu andava pela rua orgulhosa em exibi-la. As chuvas diminuíam, mas a seca ainda não havia chegado com toda a sua força e a paisagem ainda conservava um verde vivo. As noites já começavam a ficar mais frescas e a disponibilidade de lenhas secas nos convidou a reativar o espaço da fogueira no quintal.

Eu encontrei um livro sobre gravidez na biblioteca pública e todos os dias eu observava as imagens, imaginando o bebê dentro de mim, seus órgãos se formando, seu pequeno coração batendo. Comecei a pensar em tudo o que precisaríamos comprar: um berço, uma cômoda para trocar as fraldas, uma banheira, e fraldas, claro. Eu também ainda precisava decidir como seria o parto — se em casa, no hospital de Alto, em Brasília... Mas quando tentava falar sobre isso com Gustavo, ele dizia que tínhamos tempo. Quando eu mostrava as imagens do livro para ele, ele olhava por alguns segundos e logo perdia o interesse. Será que ele entendia que daqui a alguns meses teríamos um bebê na casa? Parecia que não e isso me irritava.

Em um sábado de manhã, Gustavo tinha uma guiagem para fazer e resolveu dormir no outro quarto para não me acordar tão cedo. Mas foi inútil, pois um par de gatos começou a brigar lá fora e seus gritos me acordaram. Olhei no relógio, eram seis horas da manhã. O dia já clareava e resolvi ir até o quarto de Gustavo para ver se ele já tinha acordado. Quando entrei no quarto, não quis acreditar na cena: bitucas de cigarro espalhada pelo chão e Gustavo recostado na cama com uma garrafa de cachaça pela metade do seu lado. A adrenalina se espalhou pelo meu corpo quando vi aquela cena. Já não era a primeira guiagem que ele perdia por causa da bebida. Várias pousadas já não o indicavam mais como guia por causa disso e eu já estava assumindo praticamente todas as contas da casa. Fiquei muito brava quando vi a mesma história se repetindo.

"Os turistas cancelaram a guiagem de hoje", ele foi logo se desculpando, mas eu sabia que estava mentindo.

"Não mente pra mim, Gustavo", falei nervosamente. "Daqui a pouco ninguém mais vai te chamar pra guiar. E eu já estou pagando todas as contas da casa. Faltam três meses pra nossa filha nascer e ainda nem compramos berço nem nada. Precisamos do dinheiro. Já estou ficando de saco cheio dessa situação!"

Ele se levantou sem falar nada e foi até o tanque lavar o rosto. Eu o segui.

"Então você não vai guiar hoje?", insisti irritada com o silêncio dele. "Você pelo menos mandou mensagem pra avisar ou simplesmente não vai aparecer?"

"Para de dizer o que eu tenho que fazer, saco!", ele gritou, nervoso, e deu um chute na máquina de lavar roupas.

Fui para o meu quarto, vesti uma roupa e saí de casa. Saí andando até a Praça do Bambu, onde sentei em um banco e chorei compulsivamente. Depois de me recompor, continuei andando pela cidade e pensando como seria a nossa vida depois da chegada da bebê. Parte de mim queria acreditar que, quando a bebê nascesse, ele ia parar de beber e seríamos felizes. Mas cada vez eu tinha mais dúvidas de que isso fosse acontecer. Será que ele tinha quebrado a máquina de lavar tão cara que minha mãe tinha me dado? Estava cansada de consertar e limpar os rastros que ele deixava pela casa. Como poderia cuidar de um bebê nessas condições?

Fui até a padaria para tomar um café, pensando em todas essas coisas, quando encontrei Janaína entrando lá. Ela veio me cumprimentar com um abraço, mas, olhando o meu semblante, percebeu que algo estava errado.

"Está tudo bem com você?", ela perguntou preocupada.

"Não", respondi sinceramente. "Estou péssima. Jana, você é a única amiga que tenho aqui nesta cidade. Preciso muito desabafar com alguém. A gente pode conversar?"

"Claro", ela respondeu amigavelmente. "Vou comprar um café e uns pães de queijo e a gente se senta ali na praça".

Sentamo-nos sob a sombra de uma árvore e, em meio às lágrimas, contei para ela tudo o que tinha acontecido. Ela escutava em silêncio. "Eu não sei o que fazer", continuei. "Eu amo Alto Paraíso. Mas estou pensando se talvez eu não devesse voltar pra São Paulo e ter o bebê estando mais perto da minha família. Acho que preciso me afastar do Gustavo, pelo menos por um tempo."

Depois de um tempo em silêncio, Janaína acabou concordando comigo. "Talvez você precise mesmo se afastar dele por um tempo. Você não vai conseguir ajudá-lo enquanto ele não estiver disposto a se curar. Agora você precisa focar em você e na bebê e no bem-estar de vocês. A bebê precisa de um ambiente saudável. E você vai ter muito trabalho cuidando dela, não tem como ficar cuidando do Gustavo também".

Olhei ao redor da praça. Algumas crianças brincavam ali perto. O flamboyant estendia a sua copa majestosa por sobre nós, com suas pequenas folhas que pareciam uma pintura impressionista. Pensar em deixar aquela cidade me deixava deprimida. Ao mesmo tempo, não havia como eu ficar ali. Meu trabalho na pousada era informal. Eu não teria licença-maternidade. Não poderia depender do Gustavo nesse momento e minhas reservas já haviam se esgotado.

Ficamos ali mais um tempo em silêncio. Depois Janaína disse que precisava ir, mas que eu poderia ligar para ela, caso precisasse conversar mais ou precisasse de qualquer coisa. Agradeci pela escuta e nos abraçamos com afeição. Quando voltei para casa, Gustavo não estava lá. A casa estava uma sujeira e, ao testar, confirmei que a máquina de lavar estava realmente quebrada. Peguei um tabaco do Gustavo e fui para o quintal. Desde o meu cigarro de despedida, quando descobri a gravidez, havia parado de fumar. Mas, naquele momento, precisava de um cigarro.

Enquanto fumava e meditava, fui percebendo cada vez mais claramente que precisava deixá-lo. Enquanto eram só nós dois, eu poderia aguentar suas oscilações de humor e sua bagunça. Mas, agora, eu teria um pequeno ser para cuidar. Um ser que precisaria de tranquilidade. *Eu* precisava de tranquilidade. Tinha de escolher: ou cuidava dele, ou cuidava de mim e da nossa filha. Seria impossível fazer as duas coisas.

Eu tinha certeza de que meus pais ficariam muito felizes se eu voltasse para São Paulo e me dariam todo o apoio que eu precisasse. Mas uma parte de mim sentia que eu havia, de certa forma, fracassado. Eu estaria voltando para São Paulo, sem dinheiro, sem perspectiva de arrumar um emprego (quem contrataria uma mulher nos últimos meses de gravidez?), e, em breve, com uma filha para criar sozinha.

Resolvi tirar o tarô, em busca de alguma orientação. Achei a tiragem bem adequada: Seis de Copas e O Enforcado. O seis de copas é uma carta de nostalgia, quando vemos as coisas do coração exatamente como são e não como esperávamos que fosse. E o enforcado é a carta do sacrifício em prol de um bem maior, um lugar de vulnerabilidade e aceitação. Agradeci ao grande espírito pela tiragem, que pareceu confirmar a minha decisão e me deu forças para seguir esse caminho inesperado que se colocou na minha vida.

A casa estava vazia. Gustavo ainda não havia voltado, mas eu não estava mais preocupada. Agora que tinha decidido deixá-lo, parecia que um peso havia sido tirado das minhas costas. Ele não era mais problema meu. Ele teria de encontrar o seu próprio caminho para a cura. Fiz uma oração ao grande espírito, pedindo que ele encontrasse esse caminho e que pudéssemos nos reencontrar em um novo momento para (quem sabe?) começar de novo.

Liguei para a minha mãe e contei da minha decisão de voltar para São Paulo. Não revelei os motivos que me levaram a isso, apenas que eu queria estar perto da família naquele momento. Ela ficou radiante. Disse que ia procurar para mim um apartamento para alugar perto deles, e que me ajudaria a arrumar o quarto do bebê.

"E que bom que ainda não tinha enviado o carrinho!", ela disse animada. E continuou falando empolgadamente de tudo o que faríamos quando eu chegasse a São Paulo. Nunca me senti tão grata e tão feliz por ter uma mãe como ela.

Achei uma passagem em promoção para dali a uma semana. Era pouco tempo para me preparar. Mas, agora que tinha tomado a decisão, não havia por que perder tempo. Eu não tinha trabalho naquele dia e resolvi ir até o riozinho perto de casa para me despedir. Naquela noite, Gustavo não voltou para casa.

No dia seguinte, no trabalho, contei para Araújo que estaria voltando para São Paulo. Pedi desculpas pela decisão de última hora, mas expliquei que havia terminado o namoro e que queria ter o bebê perto da minha família. Ele entendeu a minha situação, e combinamos que eu trabalharia lá só até terça-feira para ajudá-lo a finalizar algumas planilhas.

"Vai ser uma menina", eu disse para Araújo durante a pausa para o café.

"Ah, que bom! Parabéns", ele respondeu. "Eu gostei muito de ter uma menina. A maioria dos homens quer ter filho, mas eu sempre quis que fosse menina"

"E como se chama a sua filha?"

"Violeta", ele respondeu cheio de orgulho. "Ela nasceu em casa, quando eu ainda morava com a mãe dela na comunidade. Demos esse nome porque, quando ela nasceu, a mãe dela viu uma aura violeta em volta dela. E a sua, já tem nome?"

"Ainda não. Não conseguimos decidir. É difícil escolher um nome, não é? Os nomes que eu gosto, o Gustavo não gosta. E os que ele gosta, eu não gosto".

"Mas você não precisa se preocupar. Muita gente espera até o bebê nascer pra poder olhar pra ele e escolher o nome."

"Só espero que eu não veja uma aura laranja em volta dela. Creio que ela seria zoada na escola se seu nome fosse 'Laranja'".

Naquele dia, quando cheguei do trabalho, encontrei a casa arrumada, uma sopa preparada e Gustavo me esperando na cozinha com uma cara de cachorro sem dono. Ele pediu desculpas, disse que ia voltar a frequentar o grupo do AA, que quando ele visse o rosto da nossa filha tudo mudaria, que ele me amava e que ia pagar o conserto da máquina de lavar.

Mas as suas promessas não me consolavam mais. Não acreditava mais em nenhuma delas. Tudo o que eu queria era ficar longe dele. Tudo o que eu queria era viver em um lugar em que as minhas coisas não fossem constantemente quebradas, em que o ambiente não estivesse constantemente sujo, em que eu não tivesse que aturar mentiras o tempo inteiro.

Mas uma questão ainda me corroía por dentro e não pude deixar de perguntar: "Seja honesto comigo, Gustavo, por favor", perguntei direta e firmemente, "você ficou com a Maria?"

Ele suspirou e rolou os olhos para cima. "De novo essa história, Sarah? Já te falei várias vezes que eu não quero ficar com mais ninguém, a não ser você. A gente é uma família agora. A gente tem que ficar juntos!"

Era difícil acreditar nele. Em meio a tantas mentiras, como saber o que era verdade e o que não era? Fingi acreditar e o informei friamente que estava voltando para São Paulo dali a uma semana. Que a nossa relação tinha acabado. Que ele tinha de buscar ajuda e, quem sabe, se ele se curasse, poderíamos ficar juntos de novo. Falei que ia avisar a proprietária que estava saindo e pagaria a multa por rescisão do contrato de aluguel. Se ele quisesse ficar com a casa, que tratasse de falar diretamente com a proprietária, pois eu não me responsabilizaria mais por ele. Ele poderia ficar na casa até encontrar outro lugar para ir.

Ele ficou chocado. Acho que não esperava uma decisão tão brusca da minha parte.

"E a nossa filha?", ele perguntou. "Ela também é minha filha. E você vai levá-la pra longe de mim? Eu quero ficar com vocês. Eu quero estar com você quando ela nascer".

"Você não tem família em São Paulo?", respondi secamente. "Pois então você tem onde ficar quando quiser nos visitar".

Ele ainda tentou me convencer a ficar, prometendo coisas que eu sabia que ele não conseguiria cumprir. E, então, percebi que eu já havia o deixado. Aquela ânsia que eu tinha de cuidar dele, a necessidade que eu tinha dele para preencher a minha vida já não estavam mais lá. Tudo o que importava para mim era aquele ser que agora chutava a minha barriga. Ele deve ter visto isso nos meus olhos, porque não insistiu mais.

Naquela semana, trabalhei até terça-feira e, depois, passei o resto dos dias organizando as minhas coisas e curtindo o rio perto de casa. Gustavo ficou todo prestativo nessa última semana, varrendo a casa todos os dias e cozinhando. Eu saí da suíte e voltei a dormir no meu antigo quarto. Certa noite, dois dias antes da minha viagem, eu sonhei com a minha filha. Ela já era uma menina, talvez de uns seis anos. Estávamos em uma casa grande que, no sonho, era a nossa casa. E ela me mostrou uma porta que eu não havia visto antes. Abri a porta e percebi que havia um grande quarto na casa que eu não sabia que existia. Entramos para dentro desse quarto — ele estava vazio — e corremos dentro dele, comemorando a descoberta. E eu a chamei pelo nome. Qual era o nome mesmo que eu chamei? Fechei os olhos tentando relembrar, até que consegui.

Senti um cheiro de café vindo da cozinha. Gustavo estava fazendo tapiocas.

"O que você acha do nome Carolina?", perguntei para ele.

Ele refletiu por um tempo e respondeu: "Eu gosto de Carolina. Carol. Carolzinha".

"Eu também gosto", respondi satisfeita. "Eu sonhei com ela essa noite. Ela se chamava Carolina no meu sonho".

"É mesmo?"

"Gustavo"

"Sim?"

"Eu preciso que você saia de casa hoje", eu disse com suavidade. Seu rosto ficou tenso e rugas se formaram entre suas sobrancelhas. Tentei explicar: "Eu vou embora amanhã e preciso deste último dia sozinha. Pra arrumar tudo. Você entende?"

Ele não respondeu. Apenas se retirou da cozinha e começou a arrumar as suas coisas em silêncio. Eu o deixei quieto e, depois de comer, também continuei a arrumar as minhas. Algumas horas depois, um amigo dele passou de carro para buscá-lo. Eu me sentei na varanda, observando-os colocar as coisas no porta-malas. Ele olhou para mim, sem saber se ia embora sem falar nada ou se deveria se despedir. Ele parece ter se decidido por essa última opção e andou timidamente na minha direção. Eu me levantei e nos abraçamos.

"Eu te amo", ele disse, sem soltar o abraço.

"Eu também te amo", respondi.

"Eu estarei lá quando a bebê nascer... A Carol nascer. Eu vou dar um jeito de estar lá."

Finalmente nos afastamos, ele pegou seu violão e entrou no carro. Fiquei olhando-os partir. Quando o carro virou no final da rua, as lágrimas que eu estava segurando começaram a cair e um choro incontrolável tomou conta de mim. Eu chorei por ele, por mim, pela Carol, pela vida que eu havia vislumbrado em Alto Paraíso. Era o fim de um sonho.

O dia passou rápido. Terminei de arrumar tudo, curtindo o silêncio da casa vazia, refletindo sobre o que tinha sido e o que seria. No final da tarde, acendi uma fogueira e, confesso, aproveitei para fumar alguns cigarros. O momento de crise parecia permitir essa indulgência. Não sei para onde Gustavo havia ido e, na verdade, não queria saber. O luto que eu sentia pelo fim da nossa relação se misturava a um alívio que a ausência dele me trazia. Parecia que agora eu conseguia respirar mais fundo. Fechei os olhos e busquei me conectar com aquele ser que crescia no meu ventre. "Vamos ser eu e você, Carolina", disse para ela, "e vamos ser ótimas amigas!"

Capítulo 8

Deve ser a minha lua em leão que me faz ser uma pessoa por vezes egoísta e orgulhosa. E talvez por isso assumi a minha nova condição de mãe solteira com a convicção de que esse era exatamente o meu destino naquele momento. Hoje, olhando em retrospectiva para aquela fase da minha vida, vejo que era um percurso necessário na minha jornada. A maternidade me trouxe humildade e me fez perceber a importância de enraizar, mas escolhendo bem a melhor terra para criar raízes. A minha terra não era São Paulo e eu estava sempre ciente disso. Mas me daria um tempo e um espaço para assumir o meu novo papel de mãe e criar as melhores estratégias para retomar a minha jornada pessoal com bases mais sólidas. Em São Paulo, eu sabia que os meus pais me dariam todo o apoio financeiro e a estabilidade que eu precisaria para cuidar de outro ser humano.

Meus pais alugaram um apartamento mobiliado de dois quartos para mim a poucos quarteirões da casa deles. Era um daqueles prédios de poucos andares cujo portão se abre diretamente para a rua. O apartamento tinha uma sala pequena, com um sofá e um rack com uma TV e amplas janelas. Do lado direito de quem entra na sala, uma porta dava para uma pequena cozinha e uma (menor ainda) lavanderia e outra porta dava para um banheiro. Do lado esquerdo da sala havia dois quartos, ambos com ótimos armários embutidos, desses que a gente só encontra nesses prédios mais antigos. Quase todas as janelas do apartamento se abriam para o lado norte da casa. Não havia circulação de ar e o apartamento mantinha uma constante sensação de abafamento. A casa ao lado, que ficava debaixo da minha janela, era um barzinho. Todas as noites havia burburinho de pessoas e um cheiro forte de fritura subia e inundava a sala, me deixando extremamente nauseada. Eu não havia tido muito enjoo durante a gravidez em Alto Paraíso, mas agora eu ficava enjoada todos os dias.

Sem ter muito sentido procurar um emprego agora, o momento era de espera, autocuidado e planejamento. Aproveitei para ler, fazer ioga e dormir — coisas que, depois do parto, eu provavelmente não teria mais tempo para fazer. Nos meses finais da minha gravidez, fui aproveitando para me preparar para a chegada de Carol — física e psicologicamente. Com a ajuda da minha mãe, comprei roupinhas, fraldas, banheira e todos os apetrechos que fariam a minha vida mais fácil. Eu consegui comprar grande parte das coisas de segunda mão, em *sites* de compra e venda, a contragosto da minha mãe, que não entendia muito bem o conceito de reciclagem e pegada ambiental.

Constantemente, me pegava pensando no futuro, em como seria a vida com a Carol. Agora eu precisaria pensar em algum trabalho com o qual eu pudesse ganhar um dinheiro razoável, mas sem precisar ficar fora de casa muitas horas por dia, longe dela. Decidi que trabalhar com traduções seria uma ótima opção, com a vantagem de ser um trabalho possível de ser feito à distância, caso eu quisesse sair de São Paulo no futuro. Coloquei, então, anúncios oferecendo serviços de tradução em todos os prédios da Universidade de São Paulo e da Pontifícia Universidade Católica.

Logo começaram a surgir resumos de artigos e de trabalhos de conclusão de curso para tradução e montei uma área de trabalho para mim na sala. Às vezes, eu levantava o olhar do computador para o pedaço visível de céu recortado por prédios cinza e me perguntava como tinha ido parar ali de novo. Quando eu pensava em Gustavo, o sentimento que me vinha era contraditório. Por um lado, sua ausência me deixava aliviada, livre da preocupação, do medo e da angústia que senti tantas vezes por ele. Ao mesmo tempo, havia uma dor. A lembrança dos nossos passeios no rio, das nossas noites observando as estrelas ao redor da fogueira, das sensações que eu sentia no meu corpo quando me deitava ao lado dele, da vida que poderíamos ter tido enquanto família — tudo isso me trazia uma dor e um luto pelo que poderia ter sido e não foi.

Eu tinha ficado quase dois meses sem ter notícias dele, até que um dia a minha mãe me contou que ele ligou para a casa dela — eu tinha deixado o telefone com ele — e pediu o meu novo número de celular. Fiquei o aguardando me ligar, mas se passaram alguns dias antes de eu receber uma ligação com o prefixo de Goiás. Ainda que eu estivesse esperando a ligação, mesmo assim fiquei estremecida quando olhei o número. Respirei fundo algumas vezes antes de atender e tentei falar da forma mais serena possível.

"Alô".

"Sarah. É o Gustavo".

"Oi. Tudo bem?"

"Como você está?"

"Estou bem... E você?"

Ele demorou para responder e o intervalo pareceu durar uma eternidade. Finalmente, ouvi-o suspirar e dizer: "Eu estou em uma clínica de recuperação aqui em Goiânia. Por isso não liguei antes. A gente tem que ficar um tempo sem falar com ninguém quando chega aqui, sabe?"

"Ah". Fiquei aliviada em saber que ele estava buscando ajuda.

"A bebê não nasceu ainda, não é?"

"Ainda não. Não vejo a hora. Minha barriga está enorme. Parece que eu vou explodir. Mas ela não está dando sinais de que quer nascer".

"Deve estar bem confortável aí dentro, não é? Que bom. Então, amanhã vou sair daqui. Vou pra São Paulo. Vou ficar um tempo na casa do meu tio".

"Ok", respondi surpresa. Eu não tinha acreditado que ele realmente viria. Ele odiava São Paulo.

"Daí, eu quero te visitar. Posso?"

"Claro".

"Amanhã vou comprar um celular e te mando o número. Daí você me passa o seu endereço por mensagem. Eu te aviso antes de ir".

"Tá bom".

"Eu tenho que desligar. Tem uma fila aqui atrás de mim pra usar o telefone. A gente se vê na semana que vem".

"Tá bom".

Ele apareceu em casa na semana seguinte, sem barba e sem *dread*, com uma calça jeans e uma camisa branca. Quase não o reconheci. Ele viu a surpresa no meu rosto e riu.

"Minha mãe vai gostar de te ver assim", falei.

"Que bom! E você, gostou?"

"Ah... Bem... Acho que preciso de um tempo pra me acostumar".

"E você está...", ele olhou para a minha barriga, procurando alguma palavra para me descrever, mas arrematou com um simples: "grande". "E linda", complementou.

Eu mostrei para ele a casa e as roupinhas de bebê que havia comprado. Ele estava diferente. Mais sereno. Sentamo-nos no sofá e ele colocou a mão na minha barriga para sentir a Carol chutando. Sem tirar as mãos, ele olhou para mim, aqueles olhos verdes que pareciam mais escuros agora, e me pediu perdão.

"Tá tudo bem, Gustavo", eu disse com suavidade. "Estou muito feliz que você soube procurar ajuda, que está se cuidando. A Carol vai precisar de você. Você precisa ficar bem".

"É o que estou tentando". Depois, ele me contou sobre a clínica e como havia sido a sua rotina lá. Disse que, quando voltasse para Alto Paraíso, seria um recomeço: procuraria um novo lugar para morar e tentaria recuperar a confiança das pousadas para que elas voltassem a indicá-lo. "Eu até pensei em ficar aqui em São Paulo, para poder ficar perto de vocês. Mas... Eu não vou dar conta, Sarah. Vou trabalhar de que aqui? Com essas ruas cheias de bares... Eu não conseguiria ficar limpo aqui, entende?"

"Eu entendo. Você tem que voltar pra Alto. Lá é o seu lugar. Eu sinto que é o meu também e eu sei que ainda vou voltar pra lá. Mas não agora".

Seguiu-se um silêncio. Gustavo levantou-se para partir e, na porta, me fez prometer que quando chegasse a hora do bebê nascer, ligaria para ele.

Parece que Carolina estava só esperando pelo pai para decidir que era hora de movimentar as coisas. No dia seguinte, ela se remexeu toda na minha barriga e, dois dias depois, as contrações começaram. Mandei mensagem para o Gustavo e liguei para minha mãe. Carolina nasceu em um dia frio de agosto, sob o signo de Leão. Gustavo ficou comigo durante todo o trabalho de parto, que durou mais de quinze horas. E quando a colocaram no meu peito, olhei para aquela coisa tão frágil e tão perfeita, e não contive as lágrimas.

    Gustavo insistiu em ser meu acompanhante durante os dias que eu ficaria no hospital, e eu aceitei, pois seria uma chance de ele criar laços com a nossa filha, além de me poupar da presença da minha mãe constantemente criticando a tudo e a todos. Minha mãe ficou muito feliz ao encontrar Gustavo no hospital, fez vários comentários sobre como ele estava mais bonito com o novo cabelo. Gustavo estava extremamente charmoso e educado, como ele consegue ser quando quer, e acho que meu pai gostou dele, na medida em que a situação permitia gostar. Pelo menos, acho que ele ficou mais tranquilo com a presença de Gustavo naquele momento.

    Durante os dois dias que passamos juntos no hospital, Gustavo se mostrou atencioso e não tocamos no assunto do nosso relacionamento. Ele ajudava a embalar Carolina quando ela acordava de madrugada, e um sentimento reacendeu no meu coração de que, talvez, pudéssemos ser realmente uma família, dessas famílias "Doriana" que as propagandas de TV mostram.

    Na minha última noite no hospital, Gustavo saiu para fumar um cigarro e demorou mais de uma hora para voltar. Todo o sentimento de ansiedade e desconfiança voltou para mim como um *flash*. Será que estava bebendo? Será que voltaria bêbado e faria um escândalo no hospital? Um pânico se apossou de mim e logo percebi que não poderia voltar com ele. Ainda não. Precisava de tranquilidade agora e isso ele não conseguia me oferecer.

No último dia no hospital, eu e Gustavo passamos no cartório e registamos o nascimento de Carolina Velasque Braun. Quando finalmente levei Carolina para casa, Gustavo nos acompanhou, e acabou ficando uma semana em casa conosco. Foram dias de puro êxtase. Eu e Gustavo ficávamos horas deitados na cama, com Carolina no meio de nós, só admirando aquela criatura que era uma parte de nós dois. Ele trocava suas fraldas e dava banho. Às vezes, eu pedia para ele ir até a farmácia ou o mercado para mim, e ficava angustiada enquanto ele não voltasse. À noite, eu discretamente trancava a porta do apartamento e escondia a chave para conseguir dormir tranquila.

No final daquela semana, Gustavo partiu de volta para Alto Paraíso, novamente deixando um misto de tristeza e alívio no meu coração. Foi então que começou uma das fases mais solitárias e mais maravilhosas da minha vida: a maternidade recente.

Capítulo 9

Era difícil conseguir sentar para trabalhar no computador e tive que começar a recusar várias traduções. Carolina demandava a minha constante atenção. Quando ela finalmente dormia, eu ficava sem saber o que fazer primeiro: se lavar roupa, arrumar a casa, trabalhar ou dormir. Ela acordava chorando algumas vezes no meio da noite e logo desisti de fazê-la dormir em seu próprio quarto e a coloquei para dormir na minha cama. Às vezes, quando eu acordava, percebia que ela já estava desperta, olhando tudo ao seu redor enquanto sacudia as mãos e os pés. "Bom dia, Carolzinha linda da mamãe", eu dizia enquanto a enchia de beijos e ela sorria para mim.

Embora meus pais viessem me visitar sempre, o dia todo era eu e Carol naquele apartamento abafado. Todos os dias eu saía com ela no carrinho para passear pela rua e nos sentávamos no ponto de ônibus na frente do meu prédio para tomarmos um sol. Às vezes, ia até o prédio dos meus pais para usar o espaço de lazer que ficava na parte térrea. Mandei mensagens para alguns amigos meus de São Paulo para contar a novidade e convidá-los para que fossem me visitar no meu novo endereço. Mas minha antiga turma ainda estava no ritmo de baladas noturnas e *happy hours* em botecos. Um ou dois foram me visitar, ficando um pouquinho, mas logo se cansando da minha conversa que, naquele momento, girava em torno de fraldas, xixi, cocô e desenvolvimento infantil.

Lucas, um dos amigos que foram me visitar, perguntou: "Então você fica o dia inteiro só brincando com ela?"

Só brincando? Na hora não tive a presença de espírito para conseguir dar a explicação que aquela pergunta demandava. Creio que só uma mãe sabe como é difícil conseguir conciliar os trabalhos domésticos, a criação de um filho e algum tipo de trabalho externo, tudo isso com o agravante de se estar constantemente morrendo de sono. Só uma mãe consegue entender a dificuldade de se conseguir tomar um banho enquanto o bebê está acordado, ou ter de descer na portaria do prédio para buscar uma pizza se o bebê já está dormindo.

Carolina era a alegria dos meus pais. Passear com ela e comprar coisas para ela enchiam a vida deles de alegria e afeto. Morar perto dos meus pais tinha um lado positivo e um negativo. O positivo é que minha mãe vinha em casa quase todos os dias e me ajudava bastante com a Carol. O negativo é que minha mãe vinha em casa quase todos os dias.

O problema é que as concepções que minha mãe tinha sobre como criar um filho eram bem diferentes das minhas. Ela achava um absurdo eu colocar a Carol para dormir na minha cama. Segundo Vanessa, os bebês deveriam ficar todo o tempo sozinhos no seu berço e, se chorassem... Deveriam continuar sozinhos no seu berço. Eu não conseguia ouvir a Carol chorar sem pegá-la em meus braços e, depois de muita briga, consegui convencer a minha mãe a parar de me recriminar por isso. Ela também tinha essa necessidade ridícula de que ficasse claro para todo mundo que a Carol era menina. Primeiro, ela quis furar a orelha dela com três meses de idade. Quando eu não deixei, ela comprou uma faixa de cabelo com um enorme laço rosa — mesmo que ela ainda quase não tivesse cabelo. A Carol não gostava e tentava tirar, mas minha mãe insistia. "Como vão saber que é menina sem a fita?", ela dizia. Para não criar briga, eu me resignava.

Gustavo ligava de vez em quando para saber da nossa filha e eu gostava de compartilhar com ele as conquistas de Carol: a primeira vez em que ela deu uma gargalhada, que conseguiu ficar sentada sozinha, que aprendeu a dar tchau e mandar beijo, pequenas coisas que me enchiam de orgulho. Claro que meu maior orgulho e alívio foi quando ela passou a dormir a noite inteira e me foi concedida a dádiva de ter noites inteiras de sono ininterrupto. Gustavo se interessava por essas novidades e eu contava com detalhes todos os passos do desenvolvimento da nossa filha.

Claro que, muitas vezes, o odiava. Ele não fazia ideia do que significa cuidar de um bebê. Quando a privação de sono me deixava exausta, eu sentia muita falta de alguém para revezar nos cuidados e tarefas, ou simplesmente para compartilhar os momentos difíceis.

Carolina tinha toda a minha atenção e ia comigo no *sling* para todos os lugares — pelo menos até ela ficar pesada demais. Mas mesmo com ela, eu me sentia extremamente sozinha. Não tinha ninguém para conversar na maior parte do tempo. Meus amigos de São Paulo já não me visitavam mais e eu trabalhava em casa, não havia oportunidades para conhecer novas pessoas. Quando via na rua casais passeando com seus bebês, confesso que sentia uma pitada de inveja.

Gustavo veio nos visitar em março, quando Carol já tinha completado sete meses de idade. Ficou uma semana em casa e ficamos juntos todos esses dias. Ele estava sóbrio e eu, extremamente feliz. Poder compartilhar a rotina da Carol com ele, ter uma companhia com quem conversar e dar risada, sentir novamente nossos corpos se unindo, totalmente entregues um ao outro... A esperança de novo renascia no meu coração de que poderíamos viver como uma família. Ele era o pai da Carol, e só com ele eu poderia compartilhar as pequenas alegrias da maternidade. Não falamos de eu voltar para Alto Paraíso nem de vivermos juntos de novo. Ele não tocou no assunto e eu também não, embora essa ideia crescesse cada vez mais no meu coração.

Punha-me a imaginar a nossa vida: acendendo fogueiras nas noites de frio, fazendo passeios ao rio nos dias de calor. Sonhos acalentados secretamente, na intimidade da alma.

Pouco tempo depois da visita de Gustavo, Carolina ficou doente. Uma febre forte fazia com que ela acordasse a toda hora e já fazia dois dias que eu não conseguia dormir direito. Ela queria ficar no colo o tempo inteiro e eu não conseguia nem entrar no banho, a não ser quando minha mãe ia me ajudar e ficava com ela para mim. No terceiro dia, eu tinha dado um antitérmico e ela dormiu. Meu telefone tocou e corri para atender para que ela não acordasse com o toque. Era Gustavo. Perguntou como estávamos e eu falei que Carol estava doente, mas que era só uma gripe e que logo deveria passar. Ele ficou em silêncio por algum tempo.

"Alô? Gustavo? Você está me ouvindo? Está tudo bem?"

"Eu preciso ser honesto com você, Sarah" ele disse em um tom sério. "Preciso que você saiba de mim antes de ficar sabendo por outra pessoa". Meu coração disparou. Ele continuou: "Eu e a Maria estamos juntos".

As suas palavras foram como um soco no estômago. Eu, me esforçando para não alterar a voz, apenas agradeci pela honestidade e desliguei o telefone. Vários *flashes* de lembranças passaram pela minha cabeça em um instante. Lembrei-me do olhar sorridente que ela lhe dirigiu aquele dia na feira, a conversa animada deles na praça, os convites por mensagem, as constantes dúvidas que chegaram a me fazer crer que eu estava realmente ficando paranoica. Lembrei-me da forma como ele sempre negou qualquer relação com ela. Como ele havia me prometido que nunca ficaria com ela e afirmado que éramos uma família e que tínhamos que ficar juntos. Babaca!

    Carolina acordou e começou a chorar. Peguei-a no colo e olhei em volta: a pilha de roupa para lavar e outra pilha de louça na pia. Senti a privação de sono, sem conseguir dormir direito há dias. A visão de Gustavo e Maria, livres para curtir a Chapada, enquanto eu estava ali, isolada, cansada, sufocada naquele apartamento. E eu senti a raiva subindo pelo meu corpo e tensionando cada músculo e cada tendão. A vontade de gritar, de sair lá fora na chuva correndo e gritando e chorando. Mas não podia deixar a Carol ali sozinha.

    Coloquei a Carol no carrinho e fui com ela, na chuva, até a padaria comprar um maço de Marlboro vermelho. Sentei-me com ela no ponto de ônibus e fumei dois cigarros seguidos. Como precisava desabafar com alguém! Como me sentia sozinha! A chuva já havia diminuído quando entrei de novo no prédio com lágrimas escorrendo pelos olhos. Algumas pessoas estavam no *hall* esperando o elevador, mas fingiram não notar o meu visível sofrimento. Desejei tanto que aquela senhora que estava ali e que parecia tão amável me perguntasse se eu estava bem, me convidasse para tomar um café e escutasse um pouco da minha dor. Mas ninguém perguntou nada. Subimos todos no elevador em silêncio. Um senhor segurou a porta do elevador para eu descer com o carrinho, ao que agradeci e entrei em casa. A temperatura de Carol tinha subido de novo, e ela só parava de chorar no meu colo.

    Foram muitos dias em que entrei em um lugar de muita sombra. Desejava que tudo desse errado entre

Gustavo e Maria e que ambos se arrependessem desse namoro. Desejei que ele tivesse várias recaídas e que ela sofresse mais do que eu havia sofrido. Sentia-me traída e abandonada. Pensei se, talvez, eu não devesse também buscar outro companheiro. Antes de entrar no banho, olhei-me no espelho de corpo inteiro que ficava na porta do armário do meu quarto e olhei para aquele corpo magro, de pernas finas. Olhei para as estrias que corriam pela pele flácida dos seios e da barriga — marcas deixadas pela maternidade. Quem poderia aceitar essas marcas que não fosse o próprio pai da minha filha?

Algum tempo depois, recebi uma mensagem de Janaína perguntando de mim e da Carol. Decidi telefonar para ela e resumi o que havia se passado e o que eu estava sentindo.

"Parece que eu só te procuro quando estou mal, não é?", disse para ela, brincando.

"Não tem problema, Sarinha", ela disse com sinceridade. "Mas, olha aqui, eu escutei o que você me contou, eu entendo o que você está sentindo, mas você não pode se colocar no lugar da vítima! Foi você que buscou uma relação com o Gustavo, então assuma a sua responsabilidade por estar onde você está agora".

Fiquei um pouco irritada com esse comentário. Parecia um "eu te avisei" disfarçado de sabedoria espiritual. Ela continuou:

"Tira o foco do Gustavo e da Maria, e foca em você! Tenta compreender por que você está sentindo essa raiva e essa tristeza. De onde vem essa dor? É apego? É insegurança? São as expectativas que você colocou em cima de outra pessoa? Primeiro você precisa entender por que a relação deles mexeu com você".

"Eu tinha esperanças ainda da gente ficar juntos...", desabafei. "Eu o amo tanto..."

"Sarinha, o amor verdadeiro é sempre livre e incondicional. Quando a gente ama a gente quer ver de verdade o outro bem. O amor é o oposto do medo. Você está com medo do quê?"

"Talvez eu esteja com um pouco de medo de ficar sozinha. Porque eu sou mãe agora, não é? Vai ser difícil pra mim me relacionar com outra pessoa que não seja o pai da minha filha." Fiquei um tempo em silêncio procurando achar algum sentido no meio da tempestade de sentimentos que tensionava meu corpo, acelerava meu peito e obscurecia meu espírito. "Mas eu acho que o que mais me dá raiva é ele ter mentido pra mim durante todo esse tempo. Eu *sabia* que tinha algo rolando entre ele e a Maria, e perguntei várias vezes sobre isso e ele sempre me prometeu que era só amizade, que não tinha nada rolando, que ele nunca ficaria com ela, me fazendo achar que *eu* estava ficando paranoica".

"Amiga, alimentar essa raiva só vai fazer mal pra você e pra Carol. Ele mentiu pra você porque, na verdade, ele estava mentindo pra ele mesmo. Ele realmente queria acreditar que não estava rolando nada com a Maria. Ele realmente queria estar com você. Mas a gente não pode controlar o que a gente sente pelas pessoas. E a forma dele lidar com tudo isso foi bebendo…"

"E mentindo…", acrescentei.

"E havia outra alternativa? Honestamente, Sarah, se o Gustavo chegasse pra você dizendo que estava se sentindo atraído por outra mulher, que estava tendo dúvidas sobre a relação de vocês, como você teria reagido a tudo isso?"

Ficamos um tempo em silêncio.

"Amiga, agora é o momento de você focar na sua filha e nas coisas boas que estão acontecendo pra você. Lembre-se de agradecer sempre pelas coisas boas. Isso vai trazer calma pro seu coração".

Esse foi um exercício enorme de vontade — não sentir raiva do Gustavo o tempo inteiro. Mas, com o tempo, fui conseguindo me desprender desse drama e analisar a situação de forma menos identificada. Fui percebendo que essa raiva não era exatamente a falta de Gustavo. Não, não era só isso, pelo menos. Era um ideal, uma expectativa, um devaneio. Uma ilusão. Comecei a rever todo o meu relacionamento com o Gustavo e perceber de forma mais nítida a dinâmica de codependência que havíamos estabelecido entre nós.

Apesar de ter ficado irritada na hora, as palavras de Janaína ficaram comigo. Como uma chama de um fósforo que, na escuridão, indica, senão um caminho, pelo menos uma direção. Eu precisava me trabalhar, precisava me sentir sã de novo. Esforcei-me para conseguir desejar de forma sincera a felicidade dele. Em alguns dias, isso era fácil e eu me sentia leve como uma criança inocente. Em outros, a nuvem escura do ressentimento recobria de novo a minha alma e eu voltava a desejar vê-lo no fundo do poço.

Quando a Carol já tinha completado um ano, comecei a visitar os jardins de infância do bairro. Em um deles — que, na verdade, era uma escola grande, que ia do jardim de infância até o final do ensino fundamental — fiquei um tempo na recepção conversando com a secretária enquanto aguardava a pessoa que me levaria para um "tour". Comentei que havia estudado Letras e ela me disse que eles estavam procurando um professor substituto de Português para lecionar no segundo ciclo do ensino fundamental, já que a professora atual sairia de licença-maternidade. Eu falei que tinha interesse e ela me orientou a enviar um e-mail com meu currículo. A única experiência com docência que eu tinha havia sido no estágio, pois logo depois da faculdade fui trabalhar na parte mais administrativa da secretaria de educação. Mas enviei o currículo mesmo assim.

Para minha surpresa, me chamaram para uma entrevista e para uma semana de avaliação, na qual eu fiquei acompanhando e auxiliando a professora atual. E, assim, dois meses depois, tinha conseguido um emprego e uma bolsa de estudos para a Carol. Era simplesmente perfeito. Íamos juntas para a escola e ela adorava a professora e os coleguinhas, especialmente uma garotinha chamada Júlia, que se tornou sua amiga inseparável.

Ser professora de Português para classes de pré-adolescentes foi realmente desafiador. Eu passava horas pesquisando jogos e brincadeiras que pudessem fazer a aula interessante e conseguir prender a atenção deles. Eu tentava também criar debates e pedir redações sobre temas socais relevantes, e foi gratificante sentir o carinho dos alunos. Alguns deles ficaram especialmente gravados na minha memória.

Com o tempo, eu e a Carol fomos entrando num ritmo e numa dinâmica de convivência que funcionava bem e uma forte cumplicidade se formou entre nós. Ela foi se tornando uma garota alegre e eu tinha a sensação de que a minha presença era suficiente para ela. Houve momentos em que senti medo de que a falta de uma figura paterna pudesse lhe causar sofrimento, seja ao ver uma amiguinha gargalhando ao brincar com o pai, seja ao responder às perguntas dos amigos sobre onde estava o *seu* pai. Mas mesmo na comemoração do dia dos pais na escola, a Carol fez questão de participar da apresentação ensaiada pela turma. Ela parecia tão à vontade com a ausência do pai e se divertiu tanto durante a festa que foi então que eu percebi, pela primeira vez, a força do seu caráter.

Eu, por outro lado, enquanto contente pela companhia alegre e confiante da Carol, sentia muita falta de conversar com outras pessoas da minha idade. O máximo de atividade social que eu tinha eram as festinhas dos colegas de escola da minha filha. Mas eu me sentia tão distante dos outros pais, como um peixe fora d'água. Em uma dessas festas, eu estava sentada com um grupo de mães que discutiam sobre as escolas que mais aprovavam no vestibular. Elas comentavam que as melhores escolas primárias tinham lista de espera para matrícula e que era preciso desde já pensar no futuro deles. Eu olhei ao meu redor e pensei: "Vestibular? Nossos filhos não têm nem dois anos de idade, pelo amor de deus!" O que mais desejava para a Carol era uma infância com brincadeiras no rio, subir em árvores, se sujar de terra, respirar ar puro e comer comidas orgânicas da feira recém-tiradas da terra.

    Sentia que se aproximava o momento de eu sair daquela metrópole. Não queria criar a minha filha lá, naquela selva de pedra. Mas ainda sentia muita insegurança. Voltar para Alto Paraíso, estar longe da família, estar exposta às possíveis explosões de temperamento do Gustavo, anunciar aos meus pais que levaria Carolina para longe deles, aquela que mais lhes dava alegria e satisfação... Mas eu sabia que não seria feliz ali. Acho que eu era egoísta demais para deixar a minha jornada pessoal de lado e viver uma vida infeliz apenas para satisfazer aos meus pais. Sim, eu era muito grata por tudo o que eles fizeram por mim. Mas, mais cedo ou mais tarde, eu precisaria deixá-los novamente.

Capítulo 10

A virginiana que existe em mim começou, a essa altura, a tomar controle da situação. Se eu era responsável pelas minhas escolhas do passado, senti que deveria também assumir a responsabilidade pelas escolhas que fazia para o futuro. Se eu tanto queria voltar para Alto Paraíso e sair da dependência dos meus pais, precisaria prover a mim e à Carol. Os meus gastos eram muito poucos. Eu mesma poderia viver em qualquer lugar, mas com uma criança pequena não. Precisaria de dinheiro para conseguir uma casa minimamente confortável e para atender a todas as necessidades dela. Não me parecia justo eu ter de arcar não só com todo o trabalho e responsabilidade, como ainda pagar todas as contas. Não era eu sozinha quem acordava todas as noites em que ela chorava? Não era eu sozinha quem cuidava dela em todas as suas doenças, que trocava as suas fraldas, que lavava as suas roupas, que a levava ao médico, que abria mão de qualquer outra coisa que não fosse o seu bem-estar? Se Gustavo tinha a capacidade de pensar somente na sua própria vida, eu também percebi que tinha o direito de pensar na minha. Dessa forma, decidi consultar uma advogada e entrar com um pedido de pensão alimentícia. Com essa ajuda, seria mais fácil eu conseguir me desvencilhar da dependência dos meus pais e retomar a minha jornada pessoal.

A advogada entrou em contato com Gustavo para tentar um acordo amigável. No mesmo dia, Gustavo me ligou extremamente indignado.

"Você está me processando, Sarah?", ele perguntou. "É por causa da Maria? É por ciúmes? Você quer se vingar de mim, é isso?"

"Não é por ciúmes, Gustavo. Só acho injusto que eu e a minha família tenhamos que arcar com toda a responsabilidade e todos os gastos da nossa filha".

Mas ele não quis me ouvir e continuou a se sentir vítima do meu ciúme. Ele precisou vir à São Paulo para as sessões de conciliação, mas não nos procurou. Porém, eu já não estava mais preocupada com os sentimentos dele. Gustavo não era mais minha responsabilidade. Eu estava centrada em retomar o controle da minha vida.

Garantida uma pensão para a Carol, me sentia mais segura. Outro passo a ser dado era a retomada do trabalho de revisão e tradução. Agora que a Carol ia para a escola nas manhãs, e o meu semestre como professora substituta havia terminado, passei a ter quatro horas do dia disponíveis. Coloquei novos anúncios nas universidades e logo os trabalhos recomeçaram a surgir. Mas o sinal de que o momento havia chegado foi quando recebi uma ligação da escola da Carol me oferecendo um emprego fixo como professora de inglês, com carteira assinada. Era uma oferta tentadora. Mas eu sabia que, se pegasse esse emprego, seria engolida de novo por São Paulo e não conseguiria mais sair dali. O momento era esse. Sair antes de me deixar ser tragada pelas tentações e ilusões da Babilônia. Sentia que ainda não tinha cumprido a missão do I-Ching de "desatar meus nós".

Quando Carol ia completar dois anos de idade, resolvi fazer uma festinha no salão de festas do prédio dos meus pais e convidar a família e coleguinhas de escola. Gustavo apareceu com a sua mãe. Eu levei a Carol até ele e falei: "Olha o papai!" Achei que ela nem iria o reconhecer, mas assim que o viu ela abriu um sorriso e pulou pro colo dele. Eles ficaram um bom tempo juntos, até que a chegada de novos amiguinhos levasse a Carol de volta para as brincadeiras. Fiquei aliviada. O que eu mais queria é que ela tivesse boas experiências com o pai, sem traumas.

A maior parte da festa eu passei ajudando a servir os salgados e sucos (procurei garantir que não houvesse bebida alcoólica), recepcionando as crianças e me assegurando de que os convidados estavam entretidos. Gustavo passou a festa inteira estranhamente calado, sentado pelos cantos. Só abria um sorriso quando a Carol o procurava querendo mostrar alguma coisa. Depois de algumas horas de festa, saí lá fora para fumar um cigarro e lá estava ele com um tabaco enrolado na mão.

"Ai, posso enrolar um tabaco desses?", pedi e ele prontamente me ofereceu. Eu continuei: "Difícil encontrar esse tabaco aqui em São Paulo. Tenho fumado Marlboro. Terrível, não é?"

Eu estava tranquila, mas percebi que Gustavo estava bem tenso, tragando forte seu cigarro. Enrolei meu cigarro e ele me ofereceu o isqueiro. Olhei para ele e seus olhos verdes estavam fixos em mim de baixo de suas grossas sobrancelhas. Ele estava deixando a barba e os cabelos crescerem de novo. "Vou voltar pra Alto em breve", falei. "Ainda não contei para os meus pais. Você é o primeiro a saber".

Ele se encostou na parede, olhando para baixo, e disse "Que bom". Depois olhou para mim novamente: "Vai ser muito bom pra mim ficar mais perto da Carol. Eu amo *muito* ela, você não tem ideia".

"Eu sei. Vai ser ótimo pra ela estar perto de você também", repliquei e terminamos os nossos cigarros em silêncio.

Anunciar a notícia para os meus pais seria bem mais difícil. Mas achei melhor ser rápida e direta. "Como tirar um *band-aid*", pensei. No dia seguinte à festa, fui com Carolina até a casa deles. Entrei na sala espaçosa e bem decorada. Meu pai nos recepcionou com alegria e pegou Carolina no colo. Ela estava exultante. Como ela amava seus avós! Como seria dolorida essa separação... Mas, não hesitei. Crianças se acostumam rápido e Alto Paraíso fica a poucas horas de viagem. Poderíamos vir para São Paulo sempre.

Minha mãe se sentou no sofá, meu pai se sentou na poltrona e eu me sentei na outra poltrona de frente para ele. Na mesa de canto, vários porta-retratos exibiam fotos da família, mas a grande maioria continha fotos da Carol: eu com Carol no parque, Carol bebê logo depois que aprendeu a se sentar, e meu pai com Carol no colo em casa. Carolina estava distraída com o brinquedo que havia ganhado no dia anterior. Respirei e fundo e falei: "Preciso falar com vocês". Os dois olharam para mim e continuei: "Eu vou voltar para Alto Paraíso".

Meu pai ficou indignado. "Você vai voltar para aquele lugar, Sarah? Mas se você e a Carolina estão tão bem aqui. Você tem o seu próprio apartamento, estão próximas da sua família... Como você vai levar a Carol pra lá, uma cidade que não oferece nada. Aqui tem boas escolas, bons hospitais, tudo o que ela precisa".

"Eu não consigo viver em São Paulo, pai. Eu já te falei isso tantas vezes, não sei como essa decisão pode parecer surpreendente pra você. Eu nunca falei sobre ficar aqui definitivamente. Lá tem escola, não tem bons hospitais, mas tem ar puro, comida saudável, água limpa, e ela vai poder viver uma vida realmente saudável".

Ele estava agitado e olhou para a minha mãe em busca de apoio, mas eu falei firmemente: "Eu estou decidia. Não tem o que vocês possam dizer que vai me fazer mudar de ideia".

Minha mãe sabia que não adiantaria tentar me convencer do contrário. Ela tentou amenizar a tensão que se instalou e disse: "Eu gosto de Alto Paraiso. Você vai gostar de lá, Alberto. A gente pode ir visitá-las lá sempre. Eu vi que tem umas passagens, se você compra na promoção, que custam menos de cem reais até Brasília. Mas você tem que comprar na madrugada, foi o que a minha amiga Marina me contou. Ela falou: 'Vanessa, você tem que entrar na *internet* bem tarde da noite'. Foi assim que eu achei a passagem quando fui lá aquela vez. Paguei só cento e cinquenta reais. Mas se a gente procura com antecedência, dá pra achar até mais barato".

Meu pai só olhou para mim com um semblante nervoso e me disse: "Você fique sabendo que eu não vou te dar um real pra você ficar naquele lugar".

"Eu sei, pai", respondi. "Não vou te pedir nada".

Minha mãe continuou tentando animar a conversa: "A gente pode ir lá passar o Natal, não é Alberto? Mas eu quero ficar em uma pousada que tenha tela nas janelas, por favor, Sarah. Procure um lugar confortável pra gente ficar lá e pra passar o Natal e o Réveillon, mas que tenha telas nas janelas".

"Pode deixar, mãe", respondi e já me levantei para ir embora. Meu pai não olhou mais para mim, ficou sentado na poltrona, de costas para a porta. Minha mãe me ajudou a recolher as coisas da Carol e a colocar no carrinho e me acompanhou até o *hall*. Enquanto esperávamos o elevador, ela me disse: "Eu vou falar com o seu pai, pode ficar tranquila, filha. Eu vou ficar com muitas saudades de vocês". Ela já estava quase chorando. Abracei-a com muita afeição, e agradeci.

Passei a procurar por quartos para alugar em Alto Paraíso nos grupos do *Facebook*. Depois de dois dias de procura, encontrei o lugar perfeito. Era na casa de uma massoterapeuta chamada Rosana. O valor era razoável e incluía água, luz e internet. Então já deixei tudo arranjado. Passei mais uma vez em várias faculdades de São Paulo para colocar anúncios das minhas traduções nos murais e, no início de outubro, eu e Carol já estávamos no avião sobrevoando Brasília.

Capítulo 11

Mesmo viajando com uma criança, a viagem de avião foi rápida demais para o percurso que eu estava fazendo. "Deveria ter vindo de ônibus", pensei. Ver a transformação gradual da paisagem lá fora sempre ajudava o meu cérebro a processar melhor as viagens, e certamente ajudaria a processar melhor a transformação que eu estava — novamente — empreendendo. Mas, pelo menos, tinha a viagem de ônibus até Alto Paraíso, e isso me deu mais tempo para digerir. Tem algo nesse limbo, nesse lugar entre lugares, que me traz uma estranha sensação de conforto. Talvez seja o apego que eu sentiria se estivesse em um avião prestes a pular de paraquedas. E o paraquedas que suavizou a minha aterrisagem em Alto Paraíso chamava-se Rosana.

Rosana foi nos buscar de carro na rodoviária, me ajudou com as malas e nos levou para a casa dela. Era uma casa sem portão. Um caminho feito de pedras levava da rua até a varanda por um lindo jardim, cheio de flores plantadas e um exuberante pé de flamboyant em flor. De baixo do flamboyant, havia um banco de madeira e a primeira coisa que a Carol fez foi correr e querer subir no banco. Nos fundos da casa, também havia um quintal sombreado e bem cuidado, com uma horta mandala cheia de plantas medicinais. Da varanda, uma porta se abria para a cozinha e a sala, que ocupavam um único cômodo. Na sala, além de um sofá e uma mesa de jantar redonda, havia um aparador com uma espécie de altar em cima: com algumas velas, um incensário, um vaso com sempre-vivas, um porta-retratos com uma foto da filha e da neta de Rosana e, na parede, a imagem da Deusa indiana Lackshmi, com seus quatro braços, sentada em uma flor de lótus. Da sala, duas portas se abriam para a direita, para os quartos, e uma à frente, para um banheiro espaçoso. A casa era limpa e confortável, toda com piso de azulejos e forros no teto. O quarto que eu e Carol ocupamos era pequeno, mas muito aconchegante.

Eu e Rosana nos demos muito bem. Ela tinha cabelos grisalhos longos e encaracolados e intuí que seus 56 anos de idade foram vividos com muita experiência e auto-observação. Ela era uma mulher calma e de hábitos regulares. Dormia cedo, acordava cedo, passava quase o dia todo fora, em seu consultório de terapia ayurvédica, e muitas vezes no seu quarto, meditando. Mas, quando ela estava na área comum da casa (sala e cozinha), estava sempre alegre e disponível. Acho que ela também gostava da nossa presença. Às vezes, fazíamos almoço juntas, sempre ao som de bandas de mantras indianos. Em menos de um mês, Carol já havia aprendido a cantar "Ô mana iiiiáááia" (que seria o correspondente infantil de "om namah shivaya").

Encontrei uma escola infantil maravilhosa, com pedagogia alternativa e um enorme quintal. Carol adorou a escola e logo fez muitas amizades. Enquanto ela ficava na escola, eu trabalhava no computador, fazendo as minhas traduções e em pouco tempo consegui restabelecer uma rotina boa para Carol e boa para mim também.

Gustavo passou na minha nova casa no dia seguinte à nossa chegada. Abraçou a Carol com afeto e ela ficou em êxtase. Ele passou a manhã em casa brincando com ela. Contou-me que ele e Maria estavam construindo uma casa na ecovila e já estavam morando na obra. "Pra sair logo do aluguel, não é?", ele me disse. Combinamos que ele viria visitar a Carol pelo menos duas vezes por semana. Nesses dias, ele passava a manhã brincando com ela na varanda ou no jardim. Depois, eu servia o almoço para ela e ele a levava para a escola.

Nos dias em que eu estava mais cansada, tendo que cozinhar sem estar com vontade, ou nos dias em que a Carol estava mais birrenta e demandando atenção, nesses dias a sombra do ressentimento reemergia no meu coração. Gustavo estava ali, na mesma cidade, mas eu continuava com toda a responsabilidade da criação da Carol. Eu me esforcei o tanto que pude para que esses sentimentos não transparecessem para a Carol, pois não queria interferir na relação dela com o pai. Por sorte, encontrei um ouvido atento e um ombro amigo na companhia de Rosana. Ela já tinha uma filha criada, e eu gostava bastante da forma como ela interagia com a Carol. Tratava-a como se fosse uma sobrinha sua, dando afagos, mas também broncas quando necessário, e a sua autoridade de dona da casa sempre conseguia pôr fim às nossas disputas.

Rosana, embora passasse a maior parte do tempo fora de casa, quando ficava em casa, muitas vezes me ajudava a preparar o almoço ou a distrair a Carol para eu conseguir fazer o almoço com mais tranquilidade. De vez em quando, eu e Rosana conversávamos e eu confidenciava meus sentimentos para ela. Mas ela também ficava bastante no seu quarto e eu no meu, em uma dinâmica de amizade e individualidade que me agradou bastante.

"Não vai adiantar você ficar cobrando a presença dele", Rosana me falava. "Ele agora vai ter que aprender a ser pai. E é um processo demorado. Demora mais pra 'cair a ficha' dos homens, entende? E querer ficar cobrando dele toda a hora não vai ser saudável, só vai causar briga".

"E o que eu faço? Não acho justo eu ficar com todo o trabalho, sabe?", respondi indignada.

"Eu sei, amada, mas você também pode buscar outros apoios. Semana que vem vai ter círculo de mulheres aqui em casa. Você pode combinar com outras mães de se ajudarem. Nós, mulheres, temos que nos unir e ajudar umas às outras, pra não ter que ficar esperando e cobrando dos homens, sabe?".

Ela já devia ter muita experiência em se frustrar com homens, pensei. Mas o que ela dizia fazia algum sentido. "A Janaína já tinha me falado desse círculo de mulheres".

"Você conhece a Janaína?", Rosana perguntou surpresa. "Sim, ela também faz parte do círculo, desde o início".

"Legal! Estou com saudades dela... E... Eu posso participar do círculo, então?"

"Claro! Eu posso ser a sua 'madrinha'".

"Ah, que ótimo!"

Na semana seguinte, Gustavo pegou a Carol e a levou para brincar no parquinho. Era uma manhã quente e abafada. Todos os moradores de Alto Paraíso aguardavam ansiosamente as primeiras chuvas que regariam as plantas e apagariam os fogos que queimavam o Cerrado. Quando eles saíram, eu fiquei preparando o almoço, mas, alguns minutos depois, resolvi ir até o mercado buscar uma cabeça de alho. Caminhei, olhando para o céu carregado de nuvens, e pensando em como faria para levar a Carol para a escola nos dias de chuva, quando, ao passar pela praça, vi uma cena que me afetou intensamente. Eles estavam no parquinho. Gustavo estava empurrando a Carol no balanço e Maria estava de frente para eles, brincando de fazer cócegas na barriga da Carol quando o balanço se aproximava. Os três pareciam muito felizes, e Carol estava se divertindo com a brincadeira de Maria. Fiquei alguns segundos parada, olhando aquela imagem. Maria era jovem e linda. Seus cabelos negros e lisos como de uma índia esvoaçavam delicadamente com o movimento que ela fazia. E ele estava feliz. Sóbrio, lindo e feliz.

Desisti de comprar o alho e voltei para casa com o coração doendo de ciúmes. Todo o ressentimento e toda a dor voltaram a habitar o meu corpo, mesclando-se em uma tristeza profunda. Mas, não chorei. Sentei no banco do jardim, sob o *flamboyant*, enrolei um cigarro e fiquei refletindo sobre o que tinha visto. Por que ele não me contou que Maria estaria junto? Provavelmente, ele teve medo de me contar. Medo de que eu não fosse deixá-los ir. Ou, talvez, ele quis me poupar.

Era a primeira vez que eu me dava conta de que, se eles estavam juntos, mais cedo ou mais tarde a Carol iria desenvolver a sua própria relação com a Maria — e eu teria de me acostumar com essa ideia. A Carol parecia gostar dela, fato que me contrariava. Seria tão melhor para o meu ego se a Carol achasse a Maria uma chata. Procurei me recompor e, quando Gustavo veio entregar a Carol, levei ele até o quintal e disse com aparente calma e tranquilidade: "A Maria estava junto com vocês lá na praça, não é? Você poderia ter me contado antes, mas tudo bem".

Ele pareceu consternado. "Eu não quis falar nada, não queria que você se sentisse mal".

"Eu me sinto mal com mentiras, Gustavo", falei secamente. Depois respirei e completei de forma mais suave: "Não vejo problema da Carol passar tempo com ela. Você pode falar sobre ela pra mim, não tem problema. Eu *quero* que você me fale sempre a verdade, entendeu?"

Gustavo adotou o semblante sério e pensativo que sempre adotava agora quando conversávamos sobre a nossa relação. Nós dois estávamos nos esforçando para ficar bem. Na maior parte do tempo, a gente conseguia conversar de forma clara e empática, sem nenhum dos dois entrar nem na defensiva e nem na ofensiva. Mas era um caminho estreito e nós dois tateávamos com cuidado para tentar construir essa nova relação entre nós dois... Entre nós quatro, na verdade — agora que Maria e Carol faziam parte das nossas vidas.

"A Maria gosta muito da Carol", ele disse.

"Eu percebi", respondi. "E a Carol também parece gostar dela. Que bom! Ela parece ser uma boa pessoa".

Ele ficou sem graça e não respondeu nada. Percebi que falar sobre Maria comigo o deixava incomodado... Até envergonhado, talvez?

"Estou feliz por você", eu disse a ele, da forma mais honesta possível. "Você parece bem, parece feliz. Que bom!"

"Toda a relação tem suas questões, não é Sarah?", ele respondeu. "Com ela não é diferente, também temos as nossas questões, não é fácil se relacionar com ninguém".

"Eu sei", respondi irritada pela forma condescendente com que ele parecia me falar. Como se estivesse ressaltando os problemas para tentar me proteger. Como se eu fosse uma criatura frágil demais para ouvir a verdade. Exatamente o tipo de relação que eu não queria mais para a minha vida. Mentiras contadas com a melhor intenção do mundo ainda são mentiras e ainda doem muito mais do que a verdade. A verdade, por mais dolorida que seja, demonstra respeito e nos dá a oportunidade de encarar de frente os fatos. E eu não queria nada menos do que isso.

No dia seguinte, Janaína apareceu em casa para me visitar. Sentamo-nos no banco do jardim e confidenciei a ela o que tinha acontecido no dia anterior. Falei da insegurança que eu sentia na relação entre minha filha e Maria, mas Janaína parecia sempre saber dizer as coisas certas que acalmavam o meu coração.

"Eu sei que é difícil", disse Janaína. "Mas lembre-se de que você é a mãe. A sua relação com a Carol é a relação mais forte que existe no mundo. Ninguém nunca vai tomar o seu lugar no coração da Carol. E é bom pra você que elas se deem bem. Assim, quem sabe, quando a casa deles estiver pronta, ela também não pode ser um apoio pra você".

"É verdade", eu disse me esforçando para olhar objetivamente para a situação. "E ela parece ser uma boa pessoa. Já imaginou se ele estivesse namorando uma louca, bêbada, sem noção?"

"Isso", disse Janaína. "Assim você fica tranquila também quando a Carol estiver com eles".

"Ela parece estar fazendo bem pra ele", eu disse um pouco triste. "Eu fico feliz por ele. De verdade. Eu também estou bem melhor sem ele".

Era verdade. Eu estava melhor sem ele. Se não o queria, por que não deixar que ele fosse feliz com outra pessoa? Era infantilidade minha sentir ciúmes. Não queria ser essa pessoa rancorosa, incapaz de ver o outro feliz. Queria ser forte e madura. Pensar em todos os defeitos de Gustavo me ajudava, então usei isso para lembrar a mim mesma de que eu *realmente* estava melhor sem ele.

Capítulo 12

Finalmente havia chegado o dia do círculo de mulheres. Rosana me contou que algumas mulheres da cidade se reuniam uma vez por mês na casa de alguém para compartilhar histórias. Fiquei animada com a ideia de me conectar com outras mulheres e ajudei Rosana a preparar o espaço para recebê-las. Como havia a possibilidade de chuva, resolvemos preparar o espaço na varanda ao invés do quintal. A varanda era bem espaçosa, com uns três metros de largura e uns quatro de comprimento. Recolhemos a rede, afastamos o banco, e colocamos esteiras de palha no chão, formando um círculo. No centro do círculo, Rosana colocou gravetos dentro de um caldeirão para uma pequena fogueira e deixou outra pilha de gravetos ao lado para poder alimentar a fogueira durante todo o ritual. Ela também colocou um tambor e uma maraca no centro do círculo. Na cozinha, arrumamos o balcão com as comidas. Eu havia comprado dois deliciosos pães caseiros na feira e Rosana havia preparado um patê vegano feito com o bagaço do leite de castanhas, azeitonas e temperos. Para completar, Rosana colheu umas flores do jardim e as colocou em um vaso no balcão.

Às quatro da tarde, as mulheres começaram a chegar. A primeira foi Alice com a sua filha Heloísa no colo. Eu já a tinha conhecido antes, pois Carol e Heloísa frequentavam a mesma escola. Alice era mais jovem do que eu, devia ter uns 22 anos de idade. Era baixa, de corpo arredondado, cabelos castanhos claros e um rosto redondo. Mostrou-se uma mulher meiga e amável. Heloísa era poucos meses mais nova que Carol e, quando as duas se viram, já se abraçaram e se engajaram em uma brincadeira no canto da varanda.

Logo em seguida chegou um grupo de três mulheres trazendo comidas e sucos. Silvia era alta, tinha cabelo claro e rosto comprido, e seus olhos pequenos e próximos um do outro lhe conferia uma aparência inteligente e astuta. Aparentava ter por volta de 30 anos de idade. A outra mulher, Luiza, parecia ser mais velha do que Sílvia, já por volta dos seus 40 anos de idade. Era mais baixa e mais magra. Seu rosto era pequeno, emoldurado por um cabelo cheio, preto e encaracolado que ia até os ombros. Seu modo de andar e de ser era cheio de energia e confiança. A terceira mulher se chamava Adharsha, seu nome espiritual hindu. Adharsha era a mais velha do grupo, já devendo ter seus 60 anos de idade. Seus cabelos eram pintados de castanho, seu rosto era redondo e sua boca larga e sorridente. Apesar de corpulenta, ela se movimentava com agilidade e graciosidade.

Rosana estava animada com a chegada delas. "Hoje você veio sem o Arthur?", perguntou Rosana para Sílvia.

"Sim", respondeu Sílvia alegre, "hoje o Rodrigo ficou com ele pra eu poder descansar um pouco!"

"Que bom", respondeu Rosana. "E você minha querida Adharsha? Como está?" e deu um abraço apertado na amiga. "Oi, Luiza, que bom ver você de novo no nosso círculo! Podem ir se sentando, se precisarem de mais almofadas, posso buscar".

Quando estávamos todas assentadas em nossos lugares nas esteiras, chegou Janaína, pedindo desculpas pelo atraso, cumprimentando a todas e tomando um lugar no círculo. Eu e Alice nos sentamos na parte mais a oeste para podermos cuidar das crianças. Adharsha deu início aos trabalhos, fazendo uma prece para as quatro direções, para o Deus Pai e a Deusa Mãe, pedindo a benção dos nossos guias espirituais para mais um ritual do sagrado feminino. Luiza acendeu o pequeno fogo dentro do caldeirão, que ela continuou alimentando durante todo o ritual, e Adharsha pegou o seu bastão da fala. Era um bastão de madeira, com várias fitas de couro presas na ponta, cada uma com uma pena colorida no final. Ela me explicou, então, que só quem segura o bastão da fala pode falar, enquanto as outras escutam. Quando a pessoa terminasse a sua fala, poderia passar o bastão para a pessoa à sua esquerda. Quem não quisesse falar nada poderia simplesmente passar o bastão adiante.

"Bom, amadas. Vou começar então", disse Adharsha. Todas estavam em silêncio e Adharsha ficou alguns segundos em silêncio, olhando para o fogo central e segurando o bastão. Ela voltou a falar pausadamente: "Vocês sabem que eu sofri uma queda há algumas semanas atrás e, até hoje, meu ombro continua muito dolorido. Tenho tido muita dificuldade em fazer coisas simples, como estender uma roupa no varal ou pegar algo na parte mais alta do armário. E é bem o ombro direito. Até pra cortar uma abóbora ou alguma coisa que exija mais força, me dói. Essa limitação de movimento e as dores têm me deixado bem cansada e irritada. Às vezes, não durmo direito à noite por causa da dor. Quando faz frio, piora. E eu, morando sozinha, fica difícil também, por não ter ninguém para me ajudar. Está sendo um grande desafio".

Ela fechou os olhos e ficou um tempo respirando em silêncio, depois continuou:

"No próximo ano farei sessenta anos. Me tornarei, realmente, uma anciã. Estou achando duro esse processo de envelhecer. Eu me sinto jovem e cheia de energia por dentro, mas meu corpo não consegue mais acompanhar a minha mente, e perceber isso não tem sido fácil. Eu sempre fui uma mulher muito independente. Nunca gostei de depender dos outros. E é muito frustrante quando eu tenho dificuldade pra fazer coisas simples, como tirar uma roupa do varal".

Ela ficou mais um tempo respirando fundo com o bastão entre as duas mãos, na altura do peito. Depois de algumas respirações, continuou:

"Sou muito grata por este círculo, por ter vocês aqui pra me ouvir e me acolher. Gratidão!", ela concluiu, e passou o bastão para Sílvia.

Silvia também segurou o bastão com as duas mãos na altura do peito e também fechou os olhos por algum tempo até começar a falar:

"Em primeiro lugar também quero agradecer por este círculo. Quero dizer para a Adharsha que", e voltando-se para Adharsha, "quando você precisar de alguma ajuda, pode me mandar uma mensagem. Eu moro pertinho da sua casa e não seria trabalho nenhum passar lá pra te ajudar a estender uma roupa ou deixar algum alimento cortado pra você. De verdade, pode me chamar".

Adharsha lhe olhou e sorriu com carinho, agradecendo em silêncio com um movimento da cabeça.

"Eu estou melhor do que eu estava no último círculo", Sílvia continuou. "o Arthur está dormindo mais agora. Eu conversei com o Rodrigo e acho que ele está se esforçando para ajudar mais também. Hoje até ofereceu pra ficar com o Arthur pra eu vir aqui. Eu nem precisei pedir, ele que ofereceu. Mas, assim, o Rodrigo passa o dia todo fora de casa. Então, eu passo o dia fazendo todas as tarefas da casa, fazendo comida, lavando roupa, brincando com o Arthur, dando de mamar. À noite, eu estou exausta e não consigo ter energia pra fazer nada para o Rodrigo. Nem mesmo pra ter relação com ele. Eu simplesmente não consigo ter energia pra isso. Mas, o Rodrigo não entende. Ele fica me cobrando, dizendo que eu não dou mais atenção pra ele e pro nosso relacionamento, que eu estou sempre cansada e de mau humor. Enfim, ele está me cobrando muito. E eu também acabo brigando com ele por achar que ele não me ajuda tanto como poderia, sabe? Quando o Arthur chora de noite, ele às vezes vai, mas na maioria das vezes, ele diz pra *eu* ir, porque diz que o bebê quer *a mãe*", ela respirou fundo e ficou em silêncio. Fechou os olhos e uma lágrima correu em seu rosto. "Eu estou tão cansada", continuou. "Eu não imaginava que seria tão desgastante". Ela ficou um tempo tentando reprimir o choro, mas as lágrimas desciam pelo seu rosto. Todas ficaram em silêncio enquanto ela chorava com o bastão na mão.

Nessa hora, Carol começou a falar alto e a chamar a atenção de todas. Ela estava disputando com Heloísa a posse de um dos brinquedos. Ela tomou o patinho de plástico da mão da criança e gritou "é meu!", ao que a outra começou a chorar. Eu falei baixo para Carol: "Carol! Empresta o brinquedo para a amiguinha!". Alice colocou Heloísa no seu colo e tentou lhe distrair com uma boneca. Fiquei consternada por Carol ter interrompido o ritual, mas, para o meu alívio, Rosana se levantou e disse para as duas meninas: "Vou aqui pegar uma coisa pra vocês que eu acho que vocês vão gostar!". Foi até a cozinha e voltou com dois pratinhos com pão e deu um para cada uma. "Agora fiquem aí quietinhas comendo o pãozinho!"

Para minha incredulidade, as duas esqueceram-se do patinho e ficaram quietinhas encostadas na parede, entretidas com seus pedaços de pão. Fiquei tão agradecida pela intervenção de Rosana que me veio até uma vontade de chorar também. Eu estava tão acostumada a sentir constrangimento quando Carol não se comportava, e a ter de me retirar com ela dos lugares sob os olhares condenadores das pessoas em volta, que, naquele momento, me emocionou profundamente ser acolhida daquela forma e ver outras pessoas me ajudando a resolver o problema que a minha filha estava causando, mesmo que o ritual fosse interrompido por isso.

Quando voltei a minha atenção de volta para o círculo, Sílvia já havia se recomposto e Luiza, a mulher de quarenta e poucos anos, segurava o bastão.

"Olá, mulheres amadas. Como é bom estar aqui. Não pude vir no último círculo porque eu estava em um processo bem difícil com o Pedro. Eu decidi finalmente me separar dele. Da última vez que eu vim no círculo, eu estava na dúvida. Mas tomei uma decisão. Não foi nada fácil. Eu amo muito ele, mas eu quero me sentir livre de novo. Este ano eu fiz quarenta anos, mas estou me sentindo como uma adolescente. Quero sair, paquerar, viajar. A nossa relação já estava muito... murcha. Estava drenando toda a minha energia criativa. Não quero ficar em uma relação porque tenho medo de ficar sozinha depois. Estou sentindo a necessidade de estar só novamente".

Depois de uma pausa, ela continuou: "Ele ficou muito mal. Muito mal. Ele não queria terminar. Mas conversamos muito esses dias atrás e ele está aceitando. Estou agora procurando uma casa pra alugar. Se alguém souber de algo, por favor, me avisa. Preciso sair da casa dele e ter um espaço só pra mim. Agora que eu tomei a decisão, estou me sentindo muito leve e muito feliz. É claro que dá muito medo também. Nós ficamos oito anos juntos, passamos por muitas coisas juntos. Mas eu vou continuar amando ele para sempre. Então é isso. Estou celebrando uma nova fase da minha vida".

Todas as mulheres gritaram um "aho" e sacudiram as mãos para o alto para celebrar a nova fase de Luiza. Com um sorriso nos lábios, Luiza passou o bastão para mim. Fiquei nervosa quando chegou a minha vez. O que iria falar? Segurei o bastão com as duas mãos e fiquei em silêncio tentando sentir o que deveria compartilhar com o grupo. Ouvindo todos aqueles depoimentos tão íntimos, senti confiança de compartilhar o que vibrava no meu coração naquele momento: Gustavo e Maria. Contei para elas a nossa história e o que tinha acontecido naquela semana quando vi Maria e Carol juntas no parquinho. Contei da dor que eu estava sentindo de ver ele e Maria felizes, construindo uma casa na ecovila e realizando um sonho que eu e Gustavo havíamos sonhado juntos. Nesse momento, não me contive e comecei a chorar. Fiquei chorando pelo que me pareceu uma eternidade, sem conseguir me controlar. Todas as mulheres estavam em silêncio. Foi tão bom poder chorar assim. Eu estava precisando desabafar, colocar para fora toda a dor que eu estava reprimindo dentro de mim.

Carolina me viu chorando e veio se sentar no meu colo e acariciar o meu rosto. Quando me recompus, dei um sorriso para Carol para que ela soubesse que estava tudo bem e acrescentei: "Mas eu quero ficar bem. Quero poder olhar pra tudo isso com leveza e amor". Nesse momento ia começar a chorar de novo e resolvi encerrar a minha fala. "Gratidão por me ouvirem!", e passei o bastão para Alice.

O círculo ficou em silêncio por um tempo. Até que Alice começou a sua partilha: "Eu estou em uma fase bem difícil com o Marcelo", começou Alice. "Não só ele me ajuda muito pouco com a Helô, mas também está sempre reclamando de tudo, com a cara virada o tempo inteiro. Eu tento não me deixar afetar, mas é muito difícil quando a gente está vivendo juntos. Hoje mesmo eu pedi pra ele ficar com a Helô pra eu vir pra cá, mas ele reclama tanto, que é mais fácil trazer ela comigo. Eu não sei quanto tempo mais vou aguentar essa situação. Porque está bem difícil. Eu não sei o que está faltando na vida dele pra ele conseguir ficar de boa. Eu pergunto, mas ele não sabe me dizer do que ele precisa. Então, é isso. Estou bem cansada. Foi ótimo eu ter colocado a Heloísa na escola, estou tendo um tempo pra mim que está sendo bem importante. E acho que está sendo bom pra ela também interagir com outras crianças. Então, por enquanto, eu estou levando. Vamos ver se as coisas melhoram..."

Ela ficou em silêncio por um tempo e depois continuou: "Adharsha, eu também estou disponível pra te ajudar. Quando você precisar, pode me ligar que eu passo lá na sua casa. E, Sílvia, eu super entendo isso que você está passando. Eu também demorei muitos meses pra voltar a ter libido e acho que os homens não entendem isso. Eles continuam querendo a mesma atenção que a gente dava antes de ter filho, mas é difícil cuidar do filho e ter energia de sobra pra satisfazer os desejos deles. Mas fica tranquila que, com o tempo, as coisas vão melhorando. Você vai se acostumando, vai entrando em um ritmo junto com o bebê. Não sei se a sua lua já voltou a descer, porque acho que isso influencia também. Minha libido só voltou depois que eu voltei a menstruar. Então, tem que ter paciência com você, com o bebê e com o companheiro. Mas vai dar tudo certo!"

Fiquei surpresa com a maturidade da fala de Alice. Tão novinha ela era e tão madura. Chegou a vez de Janaína falar e a fala dela foi a que mais reverberou em mim. Ela falava devagar, fazendo várias pausas, como se estivesse escolhendo cada palavra como quem escolhe uma fruta na banca da feira. "Sílvia, se o seu companheiro está sentindo falta de sexo e você não está a fim, em vez de ficar se cobrando por isso, você já pensou em falar pra ele buscar o que ele precisa com outra mulher? Eu tenho questionado muito o quanto a monogamia é realmente algo saudável. Acho que esse é um padrão social muito enraizado, mas que faz parte da cultura do medo. A gente tem medo de que, se abrirmos a relação, vamos perder a pessoa que amamos. Mas, muitas vezes, pode ser o contrário. Muitas vezes a gente perde justamente por ter feito de tudo pra segurar".

Essas palavras reverberaram dentro de mim e imediatamente me lembrei das cenas de ciúmes, das promessas que exigi do Gustavo para que não ficasse com a Maria, e de como tudo havia sido em vão. Janaína continuou: "A gente acha que as pessoas só podem amar uma única pessoa por vez. Que, se ele ficar com outra pessoa, não vai mais querer ficar com você. Mas, na verdade, ninguém é substituível. A relação que ele for ter com outra pessoa nunca vai ser igual à relação que ele tem com você. O que ele vai conversar, compartilhar e fazer com a outra pessoa não serão as mesmas coisas que ele conversa, compartilha e faz com você. É como se a gente virasse pra alguém e dissesse que ela só pode ter *um* amigo na vida. Isso não parece absurdo? Temos vários amigos, e com cada amigo conversamos sobre coisas diferentes e fazemos coisas diferentes. E o fato da gente ter vários amigos, não diminui o amor que sentimos por cada um deles. O que muda entre a amizade e o amor? É o sexo?"

Janaína ficou um tempo em silêncio com os olhos fechados. Tudo o que ela falava fazia muito sentido para mim. Cada relação é única, assim como cada pessoa é única também. A gente trata o amor como tratamos o dinheiro: como algo que pode se acabar se usarmos muito. Janaína retomou a sua fala: "Eu estou em uma relação livre há dois anos. Tudo bem que ele não mora aqui na cidade, a gente não tem filhos, então é bem diferente. Mas eu sinto que quando ele me conta sobre as mulheres com quem ele ficou e eu conto sobre as minhas aventuras, a gente cria um laço de companheirismo que nos une ainda mais. Porque ninguém é de ninguém. Somos seres livres. E quando a gente ama de verdade, a gente quer ver o outro feliz. E a gente só pode ser feliz se formos livres".

Ela ficou em silêncio de novo. Janaína tinha uma maneira de falar que me fascinava. As coisas pareciam tão simples quando ela colocava dessa forma. E ela falava sobre esse assunto com tanta tranquilidade que minha cabeça foi inundada por mil pensamentos. Será que se eu tivesse deixado o Gustavo livre, ele teria ficado com a Maria, satisfeito a sua curiosidade e depois voltado para mim? Será que, na minha insegurança, ao tentar prendê-lo, eu o afastei?

"Bom, gente, é isso. Haux haux", disse Janaína passando o bastão para Rosana. Esta, após se concentrar por alguns segundos, começou a falar:

"Eu acho que isso que a Janaína trouxe é super pertinente. Não sei se pro caso da Sílvia especificamente, mas também acredito que é uma desconstrução que a gente tem que fazer. A gente cobra muito dos nossos companheiros. E eles cobram muito da gente, como se só o casal tivesse que suprir todas as necessidades um do outro. Quantas vezes a gente não vê a mesma história se repetindo: um casal se apaixona, faz juras de amor, promete fidelidade eterna, mas em algum momento, a paixão esfria, as frustrações surgem... As pessoas percebem que o outro não é capaz de suprir todas as suas necessidades — e nem nunca vai ser. Naturalmente, o casal começa a olhar pra outras pessoas. Principalmente os homens. As mulheres começam a ficar com ciúmes e a ver todas as outras mulheres como ameaça. E isso é uma das coisas que separou as mulheres ao longo de gerações. Os homens começam a mentir pra não ter que lidar com os ciúmes da mulher, e se inicia um ciclo de mentiras e tentativas de controle que tornam a relação insuportável.

"Eu acho muito válido a gente aprofundar essa discussão. Agora no caso das três mamães que estão aqui presentes e que estão se sentindo cansadas, ao invés de ficar só cobrando os companheiros ou ex-companheiros, é possível também vocês se organizarem pra se ajudar. A gente tem o grupo do *WhatsApp*, vamos usar pra pedir ajuda também. Nem que seja uma companhia, alguém pra escutar ou o que seja. O círculo não precisa se encerrar quando termina o nosso ritual. Eu vejo que, se a gente se ajudar, vamos depender menos dos homens. Não que eles não tenham que fazer a sua parte. Mas eu vejo que ficar só cobrando não ajuda muito".

"Agora sobre mim", Rosana continuou. "Ontem foi o aniversário do meu pai, que já faleceu, e eu fiquei pensando muito nele. Nossa relação era muito difícil e, infelizmente, eu não consegui curar essa relação antes da passagem dele. Então, ontem à noite, fiz um trabalho espiritual sozinha no meu quarto. Fiquei me lembrando dele e vibrando muita luz e amor. Perdoei-o pelos seus erros e me perdoei também pelos meus", ela pausou e respirou fundo. "Foi muito importante pra mim e me sinto um pouco mais em paz com ele agora. Assim falei, hei".

"How", disseram todas as mulheres ao mesmo tempo. O bastão continuou passando. Era a vez de Adharsha novamente e ela quis compartilhar uma música. Pegou o tambor e cantou um lindo canto indígena. Apesar da idade, sua voz tinha força e expressividade. Rosana pegou a maraca e as outras mulheres cantaram junto. Olhei para o fogo que queimava no caldeirão, para as mulheres tão diferentes que compunham aquele círculo, para Carolina no meu colo, e depois fechei os olhos e só senti a força da música lavar a minha alma.

E assim o bastão circulou mais uma vez e as mulheres compartilharam experiências, conselhos e cantos. O som dos trovões reverberava cada vez mais perto. Ao final, encerramos o ritual com mais uma prece para as quatro direções, para o Deus Pai e a Deusa Mãe. Luíza já havia parado de alimentar o fogo e nos levantamos para comer. Ficamos comendo e conversando de forma mais relaxada até por volta das nove horas da noite. De repente, ouvimos gotas de chuva começarem a cair no telhado. Devagar no começo, mas logo ficou mais forte.

"Chuva!", celebraram as mulheres.

Troquei telefone com a Alice e combinamos de nos encontrarmos novamente para as meninas brincarem. Falamos de uma ficar com a filha da outra quando alguém precisasse e achei ótima a ideia de nos ajudarmos dessa forma. Também comentei com Janaína que havia ficado extremamente interessada em saber mais sobre esse amor livre e combinamos de ela passar em casa na semana seguinte, em uma tarde, para tomar um café e batermos um papo sobre o assunto.

Quando finalmente todas ajudaram a organizar o espaço e foram embora, coloquei Carol para dormir e fiquei na varanda observando a chuva, ainda mexida com tudo o que tinha acontecido naquela noite. Percebi que a solidão da maternidade não era exclusividade de mães solteiras. Mesmo as mulheres casadas estavam exauridas pelas demandas da criação de um filho, com o agravante de ter ainda que lidar com as expectativas da relação com o parceiro. Percebi que existe uma dor em ser mãe que somente outras mães são capazes de entender e acolher. Senti-me não mais isolada, mas conectada com todas as mulheres que vivem, viveram e viverão nesta Terra.

A fala da Janaína foi a que mais repercutiu em mim. Fiquei pensando na minha relação com o Gustavo e em todas as promessas que o fiz fazer. Como teria sido se ele tivesse tido a liberdade de falar sobre a Maria para mim, desde aquele dia em que os vi na feira? Com certeza, teria seria dolorido, mas certamente não mais dolorido do que a sensação de estar sendo enganada.

Quando fiquei cansada de pensar nas coisas que poderiam ter sido diferentes, fechei os olhos e fiquei ouvindo o barulho da chuva e sentindo gratidão por estar ali, pelo acolhimento de Rosana, pela partilha das mulheres, e por todas as bênçãos que o grande espírito havia colocado na minha vida.

Capítulo 13

Amor livre. Uma revolução estava se passando na minha cabeça em torno desse tema. Comecei a reparar que todos os filmes que eu alugava para assistir no *laptop* falavam dos dramas do amor monogâmico. Um homem ama duas mulheres, mas tem que escolher uma. Uma mulher ama dois homens, mas tem que escolher um. Uma mulher é traída e fica deprimida. Esse realmente perece ser um dos grandes dramas da nossa sociedade. Mas, se aceitássemos que podemos amar mais de uma pessoa, de maneiras diferentes, todos aqueles dramas não seriam mais dramas. Todas as brigas, os ciúmes, tudo o que compõe os filmes, músicas, livros — nada disso existiria mais. Simples assim... Na teoria, pelo menos. Mas, como seria viver isso na prática? Será que eu conseguiria atingir esse nível de desprendimento?

Na semana seguinte ao meu primeiro círculo de mulheres, eu e Carol fomos visitar Alice e Helô na casa delas. Elas moravam em uma casa espaçosa de dois quartos na rua de trás do hospital. Entre o portão e a porta da casa havia uma pequena área coberta e azulejada, na qual ficavam as caixas de brinquedo da Heloísa, e a Carol adorou explorar as caixas, em cada brinquedo uma novidade. Tomamos um café e nos conhecemos melhor. Alice veio de Goiânia, onde engravidou com apenas dezenove anos, quando estava cursando o primeiro ano da faculdade de Fisioterapia. Ela acabou desistindo do estudo e vindo com o pai da criança morar em Alto Paraíso. Ele tinha montado uma loja de produtos indianos, e ela fazia artesanato para vender na loja e na feira. Ela me mostrou umas bolsas lindas que fazia com couro e pedras.

"Você é muito talentosa", eu disse enquanto admirava seu trabalho.

"Eu adoro fazer essas bolsas", ela respondeu animada.

"Mããããe", gritou Helô.

"Que foi filha?" Alice se levantou para ajudar a filha a tirar uma roupa da boneca. Depois voltou e se sentou ao meu lado no degrau da varanda e continuou: "Eu sempre gostei de fazer coisas manuais. Desde a adolescência, eu já fazia as minhas próprias roupas".

"Que incrível! Eu tenho dificuldade até pra pregar um botão!", confessei. "Nunca tive muita facilidade com trabalhos manuais. Talvez porque eu nunca tenha aprendido de pequena".

"Ah, é porque nunca te ensinaram. Eu aprendi com a minha avó. Ela tinha uma máquina de costura e, desde que eu era criança, ela já me ajudava a fazer umas peças pras minhas bonecas. Depois, eu logo peguei o jeito. Faz pouco tempo que eu comecei a trabalhar com couro".

"São muito lindas mesmo", falei sinceramente. "E como estão indo as coisas com o seu companheiro?"

"Ai amiga, estão na mesma. Eu não sei quanto tempo mais vou aguentar. Ele está sempre de mal humor. Sempre de cara amarrada. Ele passa o dia na loja e eu fico aqui com a Helô e fazendo as bolsas e tendo que cuidar dela ao mesmo tempo".

"Oh mããe!". Agora era a minha filha me puxando pra mostrar o quebra-cabeça infantil que tinha montado.

"Olha só, você fez direitinho!", e dei um beijo nela, que logo se sentou e começou a tirar de novo as peças do quebra-cabeças para poder montar de novo.

"E você, Sarah. Está mais de boa com a questão do seu ex?", ela disse enquanto corria para tirar um copo de vidro que Helô tinha pegado e que estava segurando na mão de forma desajeitada.

"Eu estou, sim. Fiquei pensando muito nas coisas que a Janaína falou, sobre amor livre. A minha relação com o Gustavo era o oposto disso, era cheia de ciúmes e mentiras e desconfiança. Eu sei que eu não quero mais essa relação. E, se eu não o quero mais, por que me incomodei com o fato dele ter outra pessoa? Eu quero me sentir especial? Sentir que, se não for eu ele não vai ser feliz com mais ninguém? É meu ego falando aqui, não é?"

"É... Pode ser. Mas é difícil mesmo. Quando é o pai do nosso filho, parece que é diferente. É uma ligação diferente. Se eu visse o Marcelo com outra pessoa, eu acho que eu ia ficar muito mal também".

"Pois é!", me senti contemplada com a fala dela. "Realmente, se não fosse a Carol, creio que seria bem mais fácil. A gente teria terminado e não precisaria mais se ver nunca mais. E, com o tempo, eu nem ia pensar mais nele. Mas como temos uma filha juntos, a gente tem esse projeto de vida. Por isso que quero ficar bem com ele e com a Maria. A criação da Carol é muito maior do que essas picuinhas de casal. Eu e o Gustavo temos que nos entender e nos dar bem por ela".

"Sim. Com certeza", ela respondeu e depois de virou para a filha: "Helô! Não é pra jogar a bola no vidro. Eu já te falei. Se não, vou tirar a bola de você!" Quando viu que Heloísa havia entendido o recado e desistido de jogar a bola na porta de vidro, voltou-se de novo para mim. "E também você está chegando agora na cidade. Daqui a pouco conhece alguém legal".

Fiz um gesto com as mãos descartando essa possibilidade. "Como? Eu só trabalho e cuido dela. Não consigo nem sair à noite por conta da Carol".

"Ah, amiga, não seja por isso! Deixa a Carol aqui em casa. Ela pode dormir aqui, sem problemas".

"Sério mesmo?"

"Sério, amiga. E de dia também, pra você poder relaxar um pouco. A gente pode combinar de eu pegar as meninas na escola, trazer aqui pra casa e você vir buscar no final da tarde".

"Que ótimo!", eu falei animada. "Eu também posso levar a Helô lá pra casa quando você precisar".

"Ah, vai ser ótimo pra mim também", ela disse com um sorriso. "Eu vou fazer um suco pra gente. Quer um suco de maracujá, Carol?"

Carol olhou para Alice com os olhos arregalados e um sorriso no rosto: "Qué!"

Na rua da casa de Rosana havia uma casinha pequena e antiga, no meio de um quintal espaçoso. Às vezes, eu escutava um som de *reggae* vindo de lá, às vezes um cheiro de ganja, mas ainda não tinha conhecido o seu morador. Nesse dia, eu descia a rua com a Carol voltando da casa de Alice quando vi um homem capinando lá. Ao som de um *reggae*, ele estava tirando as braquiárias que se espalhavam pelo quintal da frente da casa. Ele era alto, de pele morena, cabelos curtos e barba por fazer. Ele estava de bermuda e sem camisa e seu corpo era tão naturalmente definido que parecia uma daquelas estátuas de deuses gregos. Ele parou o que estava fazendo quando nos viu passar e me cumprimentou com um sorriso encantador e uma voz grave e profunda: "Bom dia!"

Eu também sorri e respondi: "Bom dia", e segui caminhando. O som alto de *reggae* que tocava lembrou-me do Gustavo. Aquele vizinho era certamente um homem bonito, mas eu não queria repetir história. Queria me envolver com um homem que fosse mais intelectual, um professor talvez? Alguém que não fumasse ganja e não ouvisse *reggae*. Nada contra o gênero musical, eu até gosto, mas tinha medo de me ver novamente em uma relação insana.

Passei a vê-lo com frequência quando andava pela rua e sempre nos cumprimentávamos de longe com um sorriso. Em um dia nublado de novembro, no meio da tarde, sentei-me no banco do jardim, de baixo do pé de flamboyant, e acendi um tabaco. Lá estava ele, capinando do lado de fora do portão da sua casa. Ele olhou para mim, acenou e voltou a trabalhar. Depois de um minuto, ele apoiou a enxada no portão, e veio andando devagar na minha direção. Abriu aquele sorriso encantador e disse: "Oi. Tudo bem? Eu sou o Diego".

"Tudo bem. Eu sou a Sarah"

"Você é parente da Rosana?", perguntou.

"Não, só estou alugando um quarto dela", respondi.

"É mesmo?", ele respondeu ainda sorrindo. "Bem-vinda à rua, então".

"Brigada", respondi. "Quer sentar?", perguntei, indicando o banco.

"Eu estava pensando em passar um café agorinha", ele respondeu acenando para a casa dele, do outro lado da rua. "Quer tomar um café comigo?"

"Acho que um café cairia bem agora. Posso fumar na sua varanda?", perguntei.

"Claro! Chega mais", ele respondeu e fomos andando até a sua casa.

Entramos pela varanda, onde havia uma rede, uma cadeira e uma mesinha. Deixei meu tabaco na mureta e entrei na casa. A casa era pequena e simples. Na sala havia apenas um estrado de madeira com um colchonete e uma mesa onde ficava um computador e alguns livros. A primeira coisa que fiz ao entrar foi olhar os livros organizados verticalmente no canto na mesa, apoiados na caixa de som. Havia um livro de geologia, dois guias de plantas do Cerrado, um guia de aves e um livro de poemas de Alberto Caeiro. "Certamente Caeiro está em boa companhia, ao lado de rochas, aves e plantas", pensei com um sorriso.

Segui Diego até a cozinha pequena, mas limpa e bem organizada. Havia uma pequena mesa com duas cadeiras, geladeira, fogão, pia e uma estante de mantimentos.

"Que casa limpinha!", exclamei. "Você mora sozinho?"

"Sim", ele respondeu. "Moro só".

"É raro encontrar uma casa de homem solteiro tão limpa e organizada assim!"

Ele deu risada. "Pode sentar. Vou passar o café".

Enquanto ele passava o café, fomos conhecendo-nos melhor. Ele era guia (ai meu deus! Outro guia na minha vida!) e já estava em Alto Paraíso há seis anos. Ele tinha vindo de uma pequena cidade de Minas Gerais. Veio para passar umas férias e nunca mais voltou. Eu contei que já havia morado um tempo em Alto Paraíso há uns três anos atrás, mas que voltei para São Paulo para ter a minha filha e que estava retornando agora. Quando o café ficou pronto, fomos para a varanda e ficamos lá enquanto eu terminava meu tabaco.

Desde esse primeiro encontro, eu já gostei de conversar com ele. Ele tinha muitas histórias para contar, mas falava com a calma própria dos mineiros e, quando caíamos em silêncio, ele não se incomodava e ficávamos os dois calados ouvindo os passarinhos piarem.

"E o pai da menina?", ele perguntou. "Vocês ainda estão juntos?"

"Não. Ele mora aqui em Alto também, mas não estamos mais juntos desde antes de ela nascer", respondi. "Inclusive ele até namora outra pessoa agora".

"Ah, eu acho que eu já vi ele com a menina ali no jardim. Eu sei quem é". Depois de um tempo em silêncio, ele perguntou com um sorriso maroto: "E você está namorando outra pessoa também?"

Ele foi tão direto ao ponto que não pude deixar de dar uma risada. Ao que ele riu também. "Não", respondi finalmente. "Não estou namorando ninguém. Na verdade, estou querendo experimentar um relacionamento aberto agora", respondi (também direto ao ponto).

"Se você quiser, eu estou disposto a experimentar também", ele disse abrindo um sorriso mais largo ainda, mas sem tirar os olhos dos meus.

Eu fiquei tão sem graça que comecei a rir de novo. Terminei meu café e disse que precisava buscar a Carol na escola.

"Você gosta de vinho?", ele perguntou.

"Gosto".

"Tá afim de tomar um vinho hoje à noite?"

"Hoje à noite? Tá. Eu quero. Eu só preciso ver se tudo bem pra Rosana ficar cuidando da Carol pra mim. Quer dizer, a Carol dorme por volta das nove da noite, e sempre dorme direto até de manhã, então acho que vai ser tranquilo. Me dá seu contato que eu te aviso se for rolar".

"Tá bom. Eu já vou comprar o vinho daqui a pouco. Se não der pra você vir hoje, a gente toma outro dia".

E, assim, trocamos telefone e eu fui buscar a Carol na escola pensando nesse encontro. Fazia tanto tempo que eu não me relacionava! Desde o Gustavo nunca mais tinha me envolvido com ninguém. Quando Rosana chegou em casa, perguntei para ela se poderia ficar atenta caso a Carol acordasse. Se ela não pudesse, não teria problema, eu poderia pedir para Alice. Mas, Rosana aceitou prontamente e me disse para ir tranquila.

Estava tudo certo. Só faltava a Carol dormir. Naquele dia, ela demorou bem mais do que o normal para embalar no sono. Talvez tivesse percebido que a minha energia estava diferente, mais agitada. Finalmente, por volta das nove e meia, ela dormiu e eu saí de mansinho para ir para a casa do vizinho.

Era uma noite quente. Passei devagar pelo jardim, inspirando o cheiro inebriante da lavanda, e atravessei a rua quieta e vazia. Olhei para cima e vi a lua crescente, como um largo sorriso brilhante no céu. Passei pelo portão da casa de Diego, subi na varanda e ouvi um som de *reggae* vindo lá de dentro. Bati palmas e chamei seu nome e logo ele abriu a porta com um sorriso enorme. Ele estava de camisa azul clara e, quando o cumprimentei com um abraço, percebi que ele estava todo cheiroso — acho que era loção pós-barba.

"Entra! Olha só o vinho que eu comprei. O que você acha?", ele perguntou me mostrando a garrafa.

"Ah! Está ótimo! Eu sempre compro desse também".

"E a pequena? Dormiu?"

"Demorou, mas dormiu", respondi com um suspiro e me sentei na cadeira da cozinha enquanto ele abria a garrafa e servia duas taças.

"Saúde", eu disse em um brinde.

"Saúde", ele disse me olhando com interesse.

"Vamos lá fora? Eu queria fumar..."

"Claro, vamos lá!"

"E você mora há muito tempo aqui nesta casa?", perguntei.

Ele pensou e respondeu: "Tem dois anos já. Primeiro eu morei no Novo Horizonte por quatro anos na mesma casa. Daí quando eu terminei o namoro, eu deixei a casa pra ela e vim pra cá".

"Quanto tempo de namoro vocês tinham?", perguntei curiosa.

"Quatro anos. Conheci ela logo que eu cheguei aqui na cidade".

"Uau! Quatro anos! Eu nunca namorei tanto tempo", disse admirada.

"Não?", ele pareceu surpreso. "Você ficou quantos anos com o pai da sua filha?"

"Menos de um ano. Foram uns dez meses".

"Eu acho que me lembro de você. Eu já tinha visto vocês juntos naquela época. E por que vocês terminaram?"

"Por quê? Porque ele estava bebendo muito na época. E eu estava grávida e preferi voltar pra São Paulo, para estar perto da minha família".

"Entendi".

"E você? Por que terminou a sua relação de quatro anos?"

"Na verdade, a gente já tinha terminado duas vezes antes. A gente terminava, voltava, terminava, voltava... Essa última vez, eu não quis mais voltar. Eu e a Renata, a gente brigava muito. Muito ciúme. Eu tinha uma amiga, que eu já conhecia lá de Minas. E, às vezes, eu passava na casa dela pra prosear. E um dia, a Renata encontrou com a menina na rua e falou um monte pra ela. Ela era muito estourada".

"Pois é, ciúmes é foda. Eu também era muito ciumenta. E o Gustavo também era. Por isso que estou querendo experimentar uma relação aberta, em que não tenha espaço pra ciúmes". Contei um pouco para ele sobre as teorias que eu andava formulando sobre amor livre. Ele não pareceu muito convencido de que isso poderia funcionar.

"Mas é complicado, não é?", ele disse. "Pensar que sua companheira também está ficando com outras pessoas..."

"Mas amor livre não quer dizer que a pessoa tenha que sair por aí ficando com todo mundo. É só que, se entrar alguma outra pessoa na sua vida — seja amigo ou algo mais —, você vai ter a liberdade de se relacionar com ela da forma como quiser e sentir".

Ficamos um tempo em silêncio até que ele perguntou: "Está ouvindo o som do grilo?"

Eu parei para prestar atenção e ouvi uma orquestra de grilos. "Estou".

"Eu tento sempre ouvir os grilos. Quando eu não estou ouvindo, é porque estou com muitos pensamentos na cabeça. Daí eu percebo, e tento ouvir os grilos de novo".

Sorri e ficamos um tempo em silêncio ouvindo os grilos. Até que ele se levantou e me ofereceu a mão: "Vem, vamos entrar". Sentamo-nos no colchonete que ficava na sala e, quando percebi, já estávamos nos beijando. Senti certa estranheza em ficar com ele. Fiquei um pouco tímida, eu acho. Ainda não tinha ficado nua na frente de outro homem que não fosse o Gustavo desde que a Carol nasceu, e meu corpo já não era o mesmo de antes da maternidade. Mas ele não pareceu se importar com o meu corpo. Pareceu até gostar, na verdade. Então, depois de um tempo, consegui relaxar e me entregar.

Deitados no colchão, depois, um ao lado do outro olhando para o teto, Diego me contou que já estava de olho em mim há algumas semanas.

"Daí, hoje eu te vi sentada no banco, não resisti e cheguei junto", ele disse rindo.

"Que bom que você chegou junto". Depois de um tempo, acrescentei meio sem graça: "Eu estou meio fora de forma, sabe?"

"Ah, é? Não tem problema. Eu posso te colocar em forma de novo".

Eram mais de duas horas da manhã quando voltei para casa nas pontas dos pés, me deitei ao lado de Carol e dormi profundamente.

Capítulo 14

Ao final de novembro, a varanda de Diego já havia se tornado uma extensão do meu quarto. Quase todos os dias pela manhã (sempre que ele não estava guiando) e, muitas vezes, pelas tardes também, eu passava por lá para tomar café e fumar. Algumas noites eu também ia lá para tomar uma cerveja ou caipirinha e, às vezes, namorar também. Nunca poderia ter imaginado um esquema mais perfeito do que esse. Podia escapulir pela noite e retornar sem que Carol nem notasse a minha ausência.

Em vários momentos, tinha dúvidas se eu não estaria me impondo ao frequentar tanto a casa dele. Em uma conversa com Janaína confessei:

"Tenho medo".

"O que você faria se não estivesse com medo?", ela perguntou, "o que você realmente tem vontade de fazer?"

"Eu quero continuar indo lá.", respondi.

"Então vá. Seja espontânea".

Todas as vezes em que a insegurança me abalava, fazia para mim mesma essa pergunta: "O que eu faria se não estivesse com medo?" Isso me ajudava a me reconectar com a minha espontaneidade. Mesmo assim, eu sempre falava para o Diego:

"Diego, se eu estiver vindo demais aqui, ou tiver algum dia que você queira ficar sozinho, você me fala, tá bom? Tenho medo de estar invadindo a sua casa e a sua vida".

Mas ele sempre me acalmava e me dizia que eu poderia ir quando eu quisesse. Desde o início, a minha relação com o Diego foi uma relação de muita conversa e muita honestidade. Conversávamos muito sobre amor livre. Eu levava textos que havia encontrado sobre o assunto e discutíamos bastante. A princípio, ele se mostrara reticente quanto a essa ideia. Mas sempre que conversávamos sobre relacionamentos e falávamos sobre os relacionamentos que havíamos tido no passado, íamos percebendo o quanto esse conceito de amor livre poderia ser revolucionário. Para mim, o amor livre significava, principalmente, uma relação baseada na verdade. E depois de já haver sentido as dores da mentira e da desconfiança, a verdade me parecia como algo essencial e libertador.

Ele saía muito à noite. Eu, mais caseira e com filha pequena, nem tanto. Vez ou outra aproveitei a companhia dele para ir a um forró ou tomar uma cerveja no barzinho — coisas que não fazia há muitos anos — mas, na grande maioria das vezes, ele saía sozinho. Se estivéssemos em uma relação convencional, provavelmente me sentiria pressionada a acompanhá-lo, ou talvez exigisse que ele me acompanhasse nos programas mais caseiros. Mas éramos livres. E eu gostava de ouvir as fofocas da cidade que ele me contava depois de suas andanças.

"Ontem eu vi o Rafael no forró", ele começou a me contar. "Ele voltou com a Mari, de novo. Esses daí estão piores do que eu. É um vai e volta. Não conseguem largar o osso".

"Talvez o sexo seja muito bom", eu disse. "Isso tende a dificultar bastante o término de uma relação".

Ele riu. "É, com certeza. E o Jonas é outro que terminou com a mina semana passada e ontem já estava soltinho na balada".

"Por que será que os homens, quando terminam uma relação, querem sair pegando todas? As mulheres geralmente buscam ficar um tempo sozinhas antes de se abrirem pra outra relação".

"Nem todas, não é?"

"Claro, nem todas. Mas a maioria".

"*Eu* quis ficar sozinho depois que terminei com a Renata. Relacionamento dá muito trabalho, consome muita energia".

"Mas você é um cara diferente, não é?", eu disse e ele riu. "Você é bem mais maduro do que outros homens que conheço".

"Eu tento aprender com os erros, não é? Se você quer ter resultados diferentes, tem que agir de forma diferente, certo?"

Em pouco tempo, aquela varanda havia se tornado um portal mágico através do qual eu saía da minha vida ordinária de mãe e dona de casa e chegava a um lugar onde podia ser simplesmente uma mulher. Diego nunca interagiu muito com a Carol e eu também não insisti em aproximar os dois. Gostava de manter esses dois aspectos da minha vida separados. Reservar aquela varanda para eu redescobrir quem eu era.

Eu aparecia animadamente na varanda dele em dias de alegria, mas também aparecia em prantos nos dias difíceis. Questões de trabalho, família e até mesmo a minha relação com o Gustavo eu confidenciava a ele e sempre encontrava um ouvido atento. Adorava a naturalidade com que ele permitiu que eu me apossasse da sua casa. Mas Diego também apresentava as suas variações de humor, e eu nunca sabia como iria encontrá-lo. Às vezes, ele estava bem disposto e comunicativo. Nesses dias, sentava-se ao meu lado na varanda e conversávamos sobre as nossas experiências e sobre os acontecimentos da cidade. Mas, muitas vezes, encontrava-o taciturno e fechado. Deixava-me sozinha na varanda e ia fazer as suas próprias coisas dentro de casa ou no quintal. Eu até gostava do fato de que ele não se sentisse obrigado a estar sempre me entretendo quando eu estava em sua casa. Isso me deixava mais à vontade. E, para mim, também eram bons esses momentos de retiro.

 Em alguns dias, ele se sentava ao meu lado e ficávamos os dois calados, ouvindo os grilos e os passarinhos, e somente apreciando a companhia silenciosa um do outro. Em pouco tempo, essa convivência foi criando intimidade. E a intimidade, irresistivelmente, nos incita ao apego. Muitas vezes, eu me pegava fazendo planos. Imaginava-nos morando juntos. Afinal, a gente se dava tão bem no dia a dia! Ele era trabalhador e organizado. Ele seria como o homem provedor que protegeria a mim e à minha filha. Às vezes me arrependia de ter proposto essa história de amor livre. Facilmente teria deixado me levar, de novo, pela paixão. Mas Diego, quando sentia essa minha intensidade, se fechava. Tornava-se distante e calado. Ele estava cansado dos dramas que os relacionamentos trazem e sabia que, se nos deixássemos levar pelo apego, logo estaríamos enredados nos mesmos problemas dos quais queríamos nos afastar.

 Não poderia ter escolhido melhor parceiro para o experimento ao qual me propunha. Diego era um homem bem resolvido. Sabia ficar sozinho e gostava de manter a sua independência. Ele foi mais firme do que eu. Ele me lembrava das teorias que eu mesma tinha ensinado para ele, e hoje eu agradeço por isso. Então, eu me permiti funcionar como um espelho: quando ele se fechava, eu me fechava. Quando ele se afastava, eu me afastava. Quando ele se abria, eu me abria também. Eu deixava-o ditar o ritmo e o tempo da nossa relação.

Em uma manhã fresca de dezembro, durante um veranico, eu estava na varanda dele tomando um café quando apareceu uma mulher de uns trinta e poucos anos, magra, de cabelos castanhos. Quando ela e Diego se viram, deram um abraço afetuoso e prolongado. Depois ele nos apresentou e disse que não se viam há muito tempo. Ela o convidou para ir a uma cachoeira e ele aceitou. Eles perguntaram educadamente se eu queria ir junto, mas eu disse que tinha de terminar o almoço e levar a Carol para a escola.

Eles foram caminhando em direção à estrada do Moinho e eu fui para casa para um dia que me pareceu extremamente longo e cheio de conflito interno. Era o primeiro teste das minhas teorias e que eu sabia que, mais cedo ou mais tarde, iria acontecer. Era como se existissem duas Sarahs na minha cabeça. A primeira Sarah, a Sarah do passado, começou a surtar: "Eles devem ter alguma coisa, aposto que vão ficar juntos!"

E a Sarah desprendida que eu queria ser dizia: "E se ficar? Qual é o problema?".

A Sarah do passado refletiu sobre isso: "E daí? E se ficar? Qual é o problema? Não sei! Realmente não sei qual é o problema!"

Mas logo a Sarah antiga ficava vigiando a casa dele e voltava a dizer: "Mas eles estão demorando, não é? Já vai dar seis horas da tarde, daqui a pouco o sol se põe e eles ainda não voltaram!"

E a Sarah nova dizia: "Sarah, esse é exatamente o comportamento possessivo que eu não quero mais ter. Qual é a pior coisa que pode acontecer? Eles transarem? E daí? Isso não vai mudar a relação de vocês".

Essa conversa continuou acontecendo dentro de mim durante todo o dia. Finalmente, vi que eles voltaram e também vi que logo depois ela foi embora. No dia seguinte, pela manhã, apareci lá para o café.

"E aí vocês ontem! Rolou alguma coisa?", perguntei fingindo estar completamente OK com a hipótese.

"Que nada! Somos muito amigos", ele disse. "Fazia muito tempo que a gente não se via. A última vez que ela veio pra Alto, eu estava com a Renata ainda".

Fiquei extremamente aliviada. Havia sido um bom preparo para quando a liberdade realmente acontecesse, mas que bom que ainda não tinha sido. Fiquei aliviada, também, por poder ter a certeza de que ele me falava a verdade, já que não havia motivos para ele me esconder nada.

No início de dezembro, tivemos mais um círculo do sagrado feminino, desta vez na casa de Adharsha, a anciã do nosso grupo. Ela morava em uma linda casinha de bioconstrução, próxima a um rio. Uma janela francesa se abria de uma varanda para um cômodo amplo e bem iluminado contendo a sala e a cozinha. Uma estante de livros ocupava uma das paredes, e imediatamente me coloquei a examinar o conteúdo daquela biblioteca. Havia muitos livros sobre sagrado feminino, feminismo e ecologia. Peguei um deles na mão e me surpreendi ao ver a foto da autora na contracapa: Tânia Adharsha Gouveia, a própria dona da casa!

"Você é escritora!", disse à Adharsha.

"Sim, já publiquei alguns livros", ela respondeu com humildade.

"Eu sou formada em Letras e trabalho com tradução. Adoro livros!", disse. "Posso levar um livro seu emprestado?"

"Claro!", ela respondeu. "Pode pegar o livro que quiser".

Escolhi um livro intitulado *Poder Feminino*, de Tânia Adharsha Gouveia, que li em menos de três dias. Fiquei fascinada com a leitura e logo comecei a pedir que me emprestasse outros livros sobre o tema. Ela tinha muitos livros sobre o assunto também em língua inglesa. Muitos desses livros eram maravilhosos e comecei a desejar traduzir alguns deles. Como seria bom se eu pudesse pegar um trabalho de tradução sobre um tema que me fascinasse!

Na última dezena de dezembro, decidi viajar para São Paulo com a Carol para passar o Natal e o Ano Novo com os meus pais. No dia da minha viagem, passei na casa do Diego bem cedo para tomar um café e me despedir. Eu percebi que ele estava querendo me dizer alguma coisa, mas sem saber por onde começar.

"Então, ontem eu fui pra *night* em São Jorge e reencontrei uma amiga minha que já veio pra cá no ano passado", ele me disse, olhando para baixo enquanto falava. "Então, da outra vez, a gente se paquerou, mas não rolou nada. Mas, eu acho que agora talvez vá rolar. Pelo menos, ela está afim e eu também estou afim. Daí ela vai vir aqui hoje à noite".

Chegou o momento do primeiro teste e achei que estava pronta, embora meu coração estivesse acelerado. "Que bom que você está me contando isso!", respondi com aparente tranquilidade. "E ainda bem que isso aconteceu justo quando eu estou indo viajar. Acho que fica bem mais fácil assim, sem eu precisar ver vocês!"

Ele ficou aliviado com a minha recepção e concordou: "Sim! Com certeza! Ótimo que aconteceu dessa forma".

Eu e Carol fomos para São Paulo naquele dia. Saímos de Alto Paraíso às oito horas da manhã, de carro de translado até Brasília, de avião até Congonhas e de táxi até a casa dos meus pais nos Jardins. Quando finalmente chegamos ao apartamento, depois de tomarmos um banho e pedirmos uma pizza, enviei uma mensagem pro Diego:

"Já cheguei em Sampa. E aí? Ela já chegou aí?"

Ele respondeu: "Ainda não" e colocou uma *emoticon* envergonhado. "Estou aqui preparando uma caipirinha"

"Não vai embebedar a moça, hein?", escrevi brincando.

"kkkkk. Vou não, pode deixar!", ele respondeu.

Eu estava tranquila agora e curtindo a cumplicidade que se formava entre a gente naquela situação. No entanto, com o passar da noite e no dia seguinte, a tranquilidade se transformou em ansiedade. Ele não me mandou mais nenhuma mensagem e eu me senti insegura. Precisava falar com ele e me certificar de que a nossa conexão continuava a mesma. Passei o dia esperando, olhando toda a hora o celular. Mas só depois de dois dias da última vez que nos falamos, ele me escreveu para desejar feliz Natal. Não resisti e perguntei:

"E aí? Como foi a *night* com a gata?"

"kkkk. Foi boa. Ela vai ficar só até dia primeiro e depois vai voltar pro Rio de Janeiro", ele respondeu.

"Ainda bem que ela está só de passagem, não é?", escrevi.

"Kkk. Bobinha!"

E, assim, senti restaurada a nossa cumplicidade. Fiquei aliviada e passamos o resto do ano sem nos falarmos mais.

A estadia em São Paulo não foi das mais agradáveis. A Carol ficou extremamente feliz em estar perto dos avós novamente, e eles ficaram jubilosos com a presença dela, mas meu pai ainda estava profundamente magoado comigo. Ele não falava nada, praticamente me ignorava. Não perguntou nada sobre a minha vida e, quando eu começava a contar alguma coisa sobre Alto Paraíso, ele mudava de assunto ou fingia que não escutava. Procurei compreender e não toquei mais nesse assunto embora isso acabasse restringindo bastante o nosso leque de tópicos de conversação. Felizmente, minha mãe adora falar e estava sempre trazendo assuntos que não me interessavam, mas nos quais me engajava com animação, grata pela oportunidade de quebrar o clima de tensão.

Na maior parte das vezes, deixava meus pais saírem sozinhos com a Carol e eu ficava em casa, trabalhando, lendo ou aproveitando a TV a cabo para assistir a filmes. Quando, finalmente, chegou o dia de irmos embora, meu pai me perguntou: "Vocês vão voltar mesmo para lá? Por que não ficam aqui em São Paulo?"

"Pai, estamos felizes lá!", respondi.

Ele não se convenceu. Continuou de cara amarrada e não quis ir com a minha mãe para nos levar até o aeroporto.

"Será que meu pai nunca vai aceitar a minha ida pra Alto Paraíso?", perguntei para a minha mãe quando já estávamos no carro.

"Ele sente muita falta da Carol", ela respondeu. "Você sabe que ela é a razão da vida dele".

Por que será que quem ama quer sempre controlar o objeto de seu amor? Será que algum dia eu também me sentiria assim com relação à Carol? Restringiria o meu amor caso ela não atendesse às expectativas que criei para ela? Essa barreira que meu pai criou na nossa relação me entristecia. Era como se ele se sentisse traído pelo caminho que decidi trilhar em minha vida — o *meu* caminho. Ele queria que eu vivesse de outra forma, mas, para isso, eu precisaria *ser* outra pessoa. Será que algum dia ele me aceitaria como sou?

 Quando voltei de viagem, na mesma noite mandei uma mensagem para o Diego para perguntar se eu podia passar lá e ele disse que sim. Quando nos vimos, demos um longo e apertado abraço. Eu senti a firmeza do seu corpo junto ao meu, e dissolveu-se qualquer resquício de insegurança que pudesse ter ficado em mim. E, durante todo aquele ano, enquanto fiquei morando na casa da Rosana, a varanda dele continuou a ser a extensão da minha casa. Ele nunca disse que me amava. Mas as suas ações me faziam ter certeza que sim. De alguma forma, ele me amava. Ele dizia isso silenciosamente quando passava café para mim todas as vezes em que eu aparecia lá, quando me ouvia com atenção, quando permitiu que eu fizesse da sua casa o meu refúgio. Ele me dizia isso todas as vezes em que me falava somente a verdade e nada mais do que a verdade. Pela primeira vez, eu entendi o que é estar em um relacionamento são.

 Embora nunca nos beijássemos ou nos abraçássemos em público e nem divulgássemos a nossa relação nas redes sociais, em pouco tempo toda a cidade já sabia do nosso relacionamento. Um dia, quando Gustavo foi ver a Carol, ele me disse:

 "Fiquei sabendo que você está namorando, é verdade?"

 Senti-me exultante em poder dizer que sim. E expliquei: "Mas, é um relacionamento aberto. Estamos experimentando uma relação mais livre". E acrescentei para mim mesma: *"And he could kick your tiny ass"*, em uma inevitável sensação de revanche.

"Que bom, Sarah. Fico feliz por você", ele disse.

Eu também estava feliz por mim. Estava vivendo uma das melhores fases da minha vida: tinha um trabalho que podia fazer de casa, tinha boas amigas, tinha um relacionamento amoroso saudável e Carol estava feliz. Somente uma coisa ainda me incomodava: a intangibilidade de Maria. Sua existência quase etérea para mim. Via-a passar com Gustavo, às vezes a via na feira ou na padaria. Cumprimentávamo-nos de longe, mas nunca conversávamos. Quem era Maria? O que pensava? Do que gostava? Como se sentia em relação a mim? Meu desejo era que ela fosse a um dos círculos de mulheres e que pudéssemos desabafar sobre tudo o que aconteceu. Que pudéssemos, assim, nos conectar na mais pura essência da nossa vulnerabilidade. Precisava conhecê-la. Estava preparada. Os ressentimentos que tinha sobre ela, meus desejos de vingança, todos já haviam se dissipado.

"Gostaria de conhecer melhor a Maria", disse a Gustavo. "Da próxima vez, porque não vêm juntos para tomar um café?"

Capítulo 15

Gustavo demorou para atender o meu pedido. Sempre que vinha sozinho, ele dava alguma desculpa de que Maria estava ocupada e não pôde vir. Por fim, eles vieram em uma manhã de fevereiro. Havia chovido a noite inteira, mas pela manhã o sol apareceu. A terra estava molhada, o asfalto da rua lavado e um cheiro de terra molhada subia do jardim. Eles chegaram no carro dela e se sentaram na varanda. Ela estava com o cabelo preso em um coque e, olhando mais de perto, percebi que ela não era tão bonita quanto eu pensava.

"E como está indo a construção da casa de vocês?", perguntei para puxar conversa.

Ela ia responder, mas Gustavo falou primeiro e ela, então, se calou: "Está indo aos pouquinhos", ele disse. "Agora na época de chuva não dá pra fazer muita coisa. Mas espero que até o final de julho já esteja pronta. Daí, vamos poder receber a Carol em casa e ela vai poder dormir lá."

Maria completou: "A gente ainda não convidou a Carol pra ir pra lá, porque ainda está muito desconfortável para ela. Quando venta muito, a chuva entra pela parte de cima da parede. E fica tudo com muita lama. Mas ela já foi lá conhecer, não é Carol?".

Carol estava entretida com um brinquedo e não ouviu a pergunta dela.

"Vai ser ótimo quando a Carol puder ficar lá de vez em quando", respondi. "E você faz o que, Maria?"

"Eu sou guia", ela disse.

"Que bacana!"

Carol estava mostrando um brinquedo para ela, e ela sentou-se no chão para brincar. Senti que Maria estava desconfortável com a minha presença.

"Vocês vão fazer algum mutirão na casa de vocês? Gostaria de ajudar", eu perguntei à Maria. Queria muito quebrar aquela barreira que se erguia entre nós.

Mas foi Gustavo quem respondeu (ele nunca a deixava falar!): "A gente chegou a fazer uns mutirões lá, mas agora paramos um pouco a obra porque estamos sem dinheiro pra continuar. Mas, quando tiver outro mutirão, a gente te chama".

Fiz mais perguntas sobre a casa e as técnicas de bioconstrução que eles estavam utilizando. Maria quase não falava e acabei conversando mais com Gustavo. Ela estava ainda cheia de defesas. Talvez eu também ainda estivesse cheia de defesas. Mas ela era carinhosa com a Carol, e isso me tranquilizava. Queria muito estabelecer uma conexão com ela, mas talvez ainda fosse cedo demais.

Na maior parte do tempo eu conseguia não cair na tentação de cobrar o Gustavo. Mas, muitas vezes, sentia-me cansada e injustiçada. Eu continuava responsável por todas as necessidades da Carol: comida, roupa, banho, pôr para dormir, cuidar de machucado e atender às suas constantes demandas. De vez em quando, Gustavo brincava um pouco com ela, levava-a para a escola, e isso era tudo.

Quando eu encontrava Gustavo em um desses dias, acabava reclamando para ele, mas isso só o fazia ficar nervoso. Ele não acolhia as minhas cobranças. Talvez por não ter a menor ideia do trabalho que é criar uma criança. Quando eu expunha os meus pensamentos sobre o assunto para ele, ele se sentia acusado e, em troca, me acusava também.

"Eu já não estou te pagando a pensão?", ele dizia irritado.

Isso me fazia fervilhar de raiva. "Sim, você está ajudando *financeiramente* com os gastos da Carol, mas o fato de você pagar a sua parte não significa que eu tenha que fazer todo o trabalho!"

Essa cena se repetiu inúmeras vezes. A qualquer cobrança minha, Gustavo voltava com a história da pensão. Como se eu estivesse usando o dinheiro para benefício próprio e ele estivesse me pagando pelo trabalho de maternar. Mas, quando a tristeza surgia, quando eu caía de novo no papel da vítima e em pensamentos sombrios, eu era resgatada pelas mulheres maravilhosas que compartilhavam a minha vida agora. Nossos encontros eram um bálsamo tão bom quanto carinho de vó.

Logo, as chuvas foram ficando cada vez mais raras. O sol da tarde, agora sem a cortina de nuvens, ardia forte na pele. Julho chegou trazendo muitos turistas em busca de trilhas e cachoeiras, trazendo trabalho e renda para os moradores da cidade. Por mais que o meu relacionamento com o Diego fosse livre, nossa proximidade e convivência quase diária foram me deixando cada vez mais apegada. E do apego para a posse é apenas um pequeno passo.

Em meados de julho, já fazia dias que eu não via Diego, que estava guiando todos os dias. Combinamos, então, de nos encontrar para tomar um vinho numa noite de terça-feira. Depilei as pernas, comprei o vinho, e estava animada para o nosso encontro. No final da tarde, entretanto, ele me enviou uma mensagem dizendo que tinha encontrado uma amiga que não via há muito tempo e, como ela já ia embora no dia seguinte, tinham combinado de se encontrar para tomar uma cerveja e botar o papo em dia.

"Vamos marcar nosso vinho para outro dia?"

Foi um baque para mim. Desmarcar, assim, comigo, para ficar com outra? "O que ele pensa que eu sou?", refleti comigo mesma. "Um *step* que ele pode usar quando não tem mais ninguém, mas que, assim que aparece alguém mais interessante, pode jogar de lado?" Me senti um lixo. Não conseguia dormir, e já era tarde da noite quando saí lá fora para fumar um cigarro. Ouvi vozes vindo da casa dele e risadas de mulher. Fiquei ali na rua sentindo-me excluída, abandonada, rejeitada. Senti-me a pessoa mais idiota do mundo. Não poderia continuar daquele jeito. A ideia do amor livre era acabar com o sofrimento, mas eu estava sofrendo.

Nos dois dias seguintes, ignorei as suas mensagens. Decidi passar na pousada em que havia trabalhado para ver se o Araújo ainda estava por lá. Esperei o sol baixar e fui caminhando com a Carol. Lá estava ele na recepção e, quando me viu, abriu um sorriso e logo veio me dar um abraço. Ele olhou para Carol, depois para mim, e perguntou: "Essa é a sua filha? Meu Deus, como está grande! Que menina linda! A sua cara."

Eu não pude deixar de sorrir, toda orgulhosa. Ele buscou um café para a gente na cozinha, e colocamos as novidades em dia — ele tendo que parar toda a hora para atender os hóspedes, que enchiam a pousada. Ele tinha visto outro OVNI há poucos dias e me contou tudo sobre o caso. A Carol ouvia a ele interessada.

"Quantos anos você tem, menina?", ele perguntou para Carol.

Ela fez dois com os dedos e eu completei: "Quase três já".

"E qual é o signo dela?"

"Leão".

"Ah, eu me dou muito bem com os leoninos! Você sabe o ascendente e a lua?", ele perguntou entusiasmado.

"Não, ainda não fiz o mapa astral dela", respondi decepcionada.

"Manda pra mim os dados do nascimento dela que eu faço pra você", ele disse enquanto se levantava para responder às perguntas de uma família de paulistanos procurando um guia.

Esperei ele terminar de atender para me despedir e ele me disse: "Passe mais vezes aqui. E traga essa boneca!". E, dirigindo-se para a Carol: "Venha aqui visitar o tio quando quiser, tá bom?"

Nesse mesmo dia, mais tarde, Diego me viu fumando no banco do jardim e veio se sentar ao meu lado. Perguntou de modo suave, com sua voz rouca: "Tá tudo bem com você? Você está chateada com alguma coisa?"

Eu contei para ele como eu tinha me sentido na noite em que ele desmarcou o nosso encontro. Ele ouviu em silêncio e depois falou: "Eu nunca quis que você se sentisse assim, Sarah. Eu gosto um bocado de você. Essa amiga minha que veio aí, a gente não ficou junto. Ela até dormiu em casa, mas não aconteceu nada entre a gente".

"Eu estou muito apegada a você, Diego. Acho que preciso dar um tempo", disse. "Vamos ser só amigos por um tempo?"

"Tudo bem", ele respondeu com calma, mas sem hesitar, o que me incomodou um pouco. "Eu não quero te machucar de forma alguma".

Depois disso, eu diminuí meu ritmo de frequência à casa dele. Precisava me distanciar para poder transformar aquele apego que eu estava criando e que eu sabia que não resultaria em nada bom.

Para a minha alegria, em agosto recebi uma notícia maravilhosa. Adharsha havia falado com os seus editores e conseguiu um trabalho de tradução para mim. Iria, finalmente, traduzir um livro! O pagamento era muito bom e, se eles gostassem do meu trabalho, poderiam me passar outros trabalhos depois.

Dediquei-me ao meu novo trabalho com afinco. Com o dinheiro, agora, seria possível alugar uma casa só para mim e para Carol. Encontrei uma casinha no bairro da Vila Bandeira. Tinha um quintal amplo e o lugar era bem silencioso. A casa em si era bem pequena: uma sala/cozinha, um quarto e um banheiro. Mas era o suficiente. Por um lado, fiquei pesarosa de sair da casa de Rosana. Mas, por mais que nos entendêssemos, aquela casa era *dela*, as regras eram *dela*. Ansiava por ter o meu próprio espaço novamente — lavar a louça só quando eu quisesse, fazer faxina quando me desse na telha, guardar as coisas no lugar que eu quisesse — essas pequenas liberdades cotidianas que só quem vive só pode desfrutar.

Carol e Heloísa dormiam uma na casa da outra todo o final de semana e, pela primeira vez em muitos anos, passei a desfrutar de dias inteiros e noites inteiras só para mim. Dias em que, sem as interrupções constantes de uma criança, eu podia ler, escrever, ou simplesmente refletir sobre a vida e filosofar sobre o mundo. Em um desses dias, resolvi fazer uma visita ao Diego. Ele ficou feliz em me ver e tomamos um café na varanda como costumávamos fazer quando éramos vizinhos. Perguntei casualmente pela sua vida amorosa e ele me contou de uma moça com quem teve uma breve relação.

"Ela é muito novinha e logo já vi que eu ia acabar machucando ela. Ela queria que a gente fizesse tudo juntos... E você me conhece, não é? Eu preciso ter o meu espaço, ficar quieto um pouco com os meus pensamentos."

"Sei...". Depois de um tempo em silêncio, perguntei: "Você não pensa em ter filhos?"

Ele suspirou. "Às vezes eu penso... Mas eu não sei... É muita responsabilidade..."

"Eu acho que você seria um ótimo pai!", eu disse e ele riu.

Depois desse dia, passei a visitá-lo pelo menos uma vez na semana e logo me senti confiante de novo para propor tomarmos um vinho uma noite dessas. Ele aceitou o convite sem hesitação e propôs ser naquele mesmo dia.

"Pode ser!", respondi, também sem hesitação. "Vou falar com a Alice da Carol dormir na casa dela!"

E assim nos encontramos naquela noite, novamente no seu colchonete no chão, e nos amamos com a avidez dos casais há muito separados. Estávamos leves e relaxados. Eu sentia como se fôssemos amigos há décadas. Como se todos os medos, meus e dele, não tivessem mais lugar e pudéssemos ser simplesmente nós mesmos. Não havia mais expectativas. Eu sabia que nunca nos casaríamos nem viveríamos um grande romance. Éramos somente amigos que conheciam o brilho e as limitações um do outro. E isso também era uma forma de amor.

"Eu e o Diego estamos ficando de novo", eu disse, segurando o bastão, e com os olhos fixos no fogo central. As mulheres no círculo estavam em silêncio. "Agora que eu me mudei, estamos nos vendo com menos frequência. Às vezes, só conversamos e nem dormimos juntos. Nossa relação é muito mais de amizade do que de paixão. E isso é tudo muito novo pra mim. Sem muitos chamegos e nomes carinhosos. Mas, com muito respeito. Eu respeito o espaço dele, e ele respeita o meu. De certa forma, tem funcionado. Mas tenho sentido um pouco de falta da proximidade que a gente tinha quando éramos vizinhos. Estou com um pouco de medo de que as coisas mudem. Eu o amo, sabe? Não como o amor da minha vida, paixão desenfreada, mas como vontade de estar perto. Mesmo que pra compartilhar o silêncio e ter prazer na mera companhia um do outro".

"Ao mesmo tempo", continuei, "estou cada vez mais gostando de ficar sozinha. De ter o meu espaço sagrado, de estar dedicada a esse projeto do livro. Está sendo maravilhoso trabalhar com um assunto que eu acho empolgante. Estou muito feliz de ter conseguido essa oportunidade".

Expor os meus sentimentos no círculo era uma forma de eu escutar a mim mesma, de organizar os meus próprios pensamentos e de conseguir ter mais clareza sobre os meus sentimentos e sobre o caminho a trilhar.

Em outubro, a casa de Gustavo e Maria ficou pronta. Fui conhecer. Era uma linda casinha redonda de hiperadobe, parecia uma casa de *hobbit*. Havia um mezanino com uma cama de casal e, na parte de baixo, uma cama de solteiro para a Carol, que também servia de sofá durante o dia.

"Está muito linda a casa de vocês! Parabéns", eu disse de forma sincera.

"Eu também achei a casa mais linda da ecovila até agora", disse Janaína, que estava com a gente. "E você, Sarah? Quando é que vai comprar seu lote aqui?"

"Vou te falar que eu já pensei nisso, sabia? Eu gosto bastante daqui. Você ia achar ruim, Gustavo, se eu viesse morar aqui também?"

"Claro que não!", ele pareceu sincero. "Ia ser ótimo, a Carol poderia vir pra minha casa quando quisesse".

"Eu quero morar aqui perto do papai, mamãe!", disse Carol.

"Vamos ver, filha. Quem sabe?"

Gustavo mostrou orgulhosamente o seu quintal, já com várias leiras plantadas, seu círculo de bananeiras e o lugar onde faria um açude. Ele parecia muito feliz.

"Gente, vocês viram o Plano de Manejo que estão querendo aprovar aqui pra APA do Pouso Alto? Um absurdo!", disse Janaína indignada. "Eles querem deixar brecha pra construção de hidrelétricas dentro do território Kalunga!"

"Eu ouvi falar mesmo sobre isso", disse Maria interessada.

"Eu tive acesso a uma versão preliminar do plano, depois compartilho com vocês pra vocês verem. Mas a gente já está se mobilizando pra fazer um protesto no dia da audiência. Não tem nenhum Kalunga no Conselho da APA e a lei é bem clara e diz que precisa ter representação de toda a comunidade pra construir o plano de manejo".

E, assim, começamos a debater sobre as políticas locais, um dos temas favoritos de Janaína agora. A tarde passou de forma agradável, embora ainda sentisse certa tensão em Maria — que imaginei ser causada pela minha presença. Eu tomei cuidado para manter uma distância respeitosa de Gustavo o tempo todo, não fiz nenhuma referência à nossa relação, até fiz questão de mencionar a minha relação com Diego para deixá-la bem tranquila de que eu não tinha mais interesse algum por Gustavo. Por que será que ela não conseguia relaxar comigo?

Carol passou a dormir na casa do pai em finais de semana alternados e, sempre que eu precisava, Gustavo ficava com a Carol para mim. Mesmo que eu ainda ficasse com a maior parte da responsabilidade, já foi um grande alívio ter esse apoio dele. Ficava mais fácil agora conseguir focar no trabalho e, quando Carol completou quatro anos, eu já havia terminado a tradução de dois livros e continuava recebendo novos trabalhos.

Naquele ano, fizemos uma viagem a São Paulo, e aproveitei para dar uma palestra sobre o sagrado feminino em um espaço alternativo perto da casa dos meus pais. Depois da palestra, fizemos uma roda de partilha, em que cada mulher presente compartilhou seus sentimentos diante da temática proposta e eu fiquei muito surpreendida com a profundidade das partilhas. As mulheres compartilharam acontecimentos e pensamentos muito pessoais, e a intimidade que se criou entre a gente durante o círculo gerou uma energia de tanto afeto que eu até podia sentir meu coração expandir. Quando finalizamos o círculo e fui arrumar as minhas coisas para ir embora, muitas mulheres me cercaram querendo saber mais, pedir dicas, bibliografias e agradecer pela palestra.

Voltei para a casa dos meus pais devagar, pelo caminho mais longo, para ter tempo de assimilar o que tinha acabado de acontecer. Sentia-me extremamente preenchida por um sentimento de gratidão. Eu havia tocado algo naquelas mulheres que mexeu profundamente com elas. E elas também tinham mexido profundamente comigo.

Um senso de propósito me permeou. Eu me sentia capaz de ter uma ação transformadora no mundo. Não era a descoberta de uma cura para o câncer, nem nada grandioso, mas era grandioso para elas e para mim. Era a possibilidade de sentir a força do feminino quando nos unimos como irmãs, quando buscamos acolher e semear relações mais amorosas. Fiquei vários dias depois disso ainda desfrutando da maravilhosa sensação de gratidão pelo que tinha ocorrido na palestra.

Quando voltei para Alto Paraíso, criei um *blog* chamado "A trilha de Sarah" e comecei a escrever textos sobre o assunto, compartilhando sobre a minha própria experiência e aprendizados. Depois disso, sempre que eu ia para São Paulo, dava oficinas — geralmente em espaços alternativos, restaurantes vegetarianos e lojas de esoterismo.

Era muito gratificante ver a transformação que se operava nas mulheres que participavam das minhas oficinas. Eu pude ajudar outras mulheres a desconstruírem o que aprenderam durante tantas gerações: a buscar nos homens a validação do nosso ser, a ver outras mulheres como rivais, a enxergar as nossas dores como falhas individuais, e a aceitar que a nossa voz seja suprimida. Nas partilhas que fazíamos, as mulheres percebiam que muitas das coisas que sentiam e viviam individualmente eram, na verdade, semelhantes às de outras mulheres e ligadas a padrões sociais e culturais mais amplos. Percebiam, também, que o acolhimento que poderiam oferecer umas às outras era muito profundo, especialmente no meio de uma metrópole, onde acolhimento e escuta eram tão difíceis de encontrar. Eu finalmente havia encontrado um trabalho que me realizava financeiramente, emocionalmente e espiritualmente. Havia encontrado um propósito, a *minha* forma de servir ao grande espírito.

Eu sentia cada vez mais prazer em morar sozinha com a Carol e ter o espaço para me aprofundar no meu trabalho profissional e de autoconhecimento. Cada vez mais, meu apego por Diego foi diminuindo. Às vezes, ele me convidava para tomar um vinho na sua casa. Outras vezes, era eu quem o convidava para a minha casa, nos dias em que Carol dormia fora. E, assim, a nossa relação encontrou um novo equilíbrio, em que dois seres, livres e independentes, encontravam, um no outro, amizade e respeito, amor e liberdade.

Ele teve vários relacionamentos com outras mulheres desde então, e sempre me conta tudo sobre eles. Às vezes, ficamos juntos. Na maior parte das vezes, não. Sabemos que podemos contar um com o outro, mas sem drama, sem medo, sem obrigações. Só então percebi que, quando o deixei livre, na verdade, libertei a mim mesma.

Hoje, Diego continua sendo um dos meus melhores amigos. Adoro compartilhar a minha vida com ele e também ouvir as suas histórias. Temos nos visto com menos frequência, mas nos amamos e, por isso, somos livres.

Continuo constantemente me deliciando em descobrir as coisas que realmente me dão prazer e a contribuição única e irrepetível que eu trago para o mundo. Na minha vida inteira sonhei em ter algum trabalho que me desse um senso de propósito, sem saber muito bem qual seria. Depois de tantos anos flutuando pela vida buscando por algo que não estava em lugar algum, finalmente sentia-me caminhando por uma trilha, em um solo sagrado, com os pés firmes no chão e os braços livres para dar as mãos às pessoas que caminhavam ao meu lado. Pessoas não mais anônimas e irreconhecíveis, mas homens e mulheres de carne e osso, cujos pensamentos, sentimentos, gozos e choros me afetavam profundamente e me transformavam a cada dia.

Capítulo 16

Quando Carol completaria cinco anos de vida, a minha mãe finalmente conseguiu convencer o meu pai a vir nos visitar em Alto Paraíso. Eles chegaram no final da tarde e se hospedaram em uma pousada. Naquela mesma noite, saímos para comer uma pizza.

"E você ainda não arrumou nenhum namorado?", minha mãe perguntou durante o jantar.

Como explicar para ela a minha nova concepção de amor livre? Acho que seria mais do que eles conseguiriam compreender e me resignei a responder que não.

"Ah, mas não se preocupe. Você é jovem, logo encontra uma pessoa legal", ela continuou.

"Não estou preocupada", respondi.

Meu pai estava mais aberto e até chegou a dizer que tinha gostado da cidade. Ele viu que eu e Carol estávamos felizes e que eu estava conseguindo trabalhar com algo que eu gostava, e isso o tranquilizou. Ele parou de me perguntar quando eu voltaria para São Paulo e voltou a se interessar pela minha vida e pelo meu trabalho.

"Você está trabalhando em um novo livro, filha?", ele me perguntou pelo telefone depois que voltou para São Paulo.

"Estou pai", respondi. "E estou pensando em escrever o meu próprio livro", acrescentei.

"É mesmo, filha? Sobre o que vai ser?"

"Sobre como o círculo de mulheres mudou a minha vida", respondi.

"Ah, sei. Essas coisas aí que você gosta, não é?", ele disse, soando um pouco desapontado.

Certo dia, logo depois da visita dos meus pais, fiquei sabendo de uma roda de coco que aconteceria na Praça do Skate no dia seguinte e eu fiquei com muita vontade de ir. Tentei ligar para o Gustavo para ver se ele poderia ficar com a Carol para mim, mas todas as ligações caíam direto na caixa postal. Liguei para a Maria.

"Oi, Maria, tudo bem? Eu queria saber se a Carol poderia dormir na casa de vocês amanhã", eu perguntei educadamente.

"Não sei, você tem que ver com o Gustavo, não é?", ela respondeu de forma meio grosseira.

"Ah, tá... É porque o telefone dele só dá caixa postal. Ele está aí?", tentei manter a educação apesar da minha irritação.

"Não, ele saiu pra guiar hoje cedo. Não sei que horas ele volta", ela disse rispidamente.

"Tá bom. Eu ligo no final do dia". Mal tinha falado "dia" e ela já havia desligado o telefone.

Durante muito tempo, a minha relação com Maria continuou evasiva. Às vezes, quando eu ia levar ou buscar a Carol na casa dela, conversávamos descontraidamente, e eu pensava: "Conseguimos nos conectar!" Mas, logo depois, ela já me respondia atravessado ou demonstrava a sua irritação com a minha existência na vida de Gustavo e voltávamos à estaca zero. Sempre que eu buscava me aproximar dela, logo a sentia se afastar novamente. Eu queria falar para ela: "Nós, manas, temos que nos unir!", mas não conseguia. Eu estava disponível, mas precisava de um movimento da parte dela.

Naquela noite eu consegui falar com Gustavo. Deixei a Carol na casa deles e fui para a roda de coco com a Rosana. Encontrei Diego por lá também e dancei até não aguentar mais. No dia seguinte, no final da tarde, Gustavo apareceu em casa no carro da Maria para trazer a Carol. Na hora em que eles chegaram em casa, percebi que Gustavo não estava bem. Coloquei um filme pra Carol assistir na Netflix e chamei Gustavo para se sentar comigo no quintal.

"Está tudo bem, Gustavo?", perguntei.

"Mais ou menos", ele respondeu. "Eu briguei com a Maria hoje cedo".

"E por que vocês brigaram?", indaguei.

"Eu bebi muito ontem", ele admitiu, uma ruga se formando entre as suas grossas sobrancelhas. Ele continuava lindo, mas já não ativava a mesma atração que eu um dia havia sentido por ele. Outra coisa havia surgido no lugar: um carinho, uma amizade e um desejo de parceria na criação da Carol. "Eu saí pra beber e deixei ela sozinha com a Carol".

Fiquei em silêncio, sem saber o que dizer. Ele continuou: "Eu tinha prometido pra mim mesmo que não beberia quando a Carol estivesse comigo. E agora estou me sentindo péssimo. Eu não sei por que eu faço essas coisas, Sarah. Que merda!"

"Não adianta agora ficar chorando o leite derramado", disse a ele. "Você recaiu, acontece. Mas você está indo muito bem. Eu vejo você. Nem parece a mesma pessoa que morou comigo. Você está com uma aparência saudável, está mais responsável, e me parece feliz com a Maria. Você está indo muito bem. Não fique preso a esse deslize. Todo mundo erra de vez em quando, certo?"

Ele ficou em silêncio e não me respondeu. Eu acariciei as suas costas e continuei ali sentada, compartilhando o seu silêncio. Depois de um tempo ele se levantou e disse: "Eu tenho que ir. Vou tentar fazer as pazes".

"Vai lá!", eu disse e me levantei também. "Vai dar tudo certo!". Dei-lhe um abraço e ele o retribuiu com afeto.

Senti-me muito bem depois dessa conversa. A Sarah antiga, que nunca se calou completamente dentro de mim, ficou um pouquinho feliz em saber que eles também tinham as suas brigas. Mas a nova Sarah, aquela que eu tentava alimentar dentro de mim, ficou mais feliz por ele ter se aberto comigo e confiado em mim.

A minha relação com o Gustavo, até hoje, eventualmente cai em dinâmicas de defesa e ataque. Mas, na maior parte do tempo, estamos conseguindo manter uma amizade e desejar, um ao outro, que sejamos felizes. Cada vez mais ele tem me apoiado com a Carol e acho que, finalmente, aprendemos a nos amar da forma como o amor deve ser — livre e incondicional.

No mês de dezembro que se seguiu à visita dos meus pais, em meio a um veranico, preparei a minha casa para receber o círculo de mulheres. Deixei a fogueira já organizada e com lenha de sobra para durar a noite inteira. Assei um bolo vegano e a Carol foi dormir na casa do pai para eu poder estar totalmente focada no ritual. Por volta das quatro e meia da tarde, as mulheres começaram a chegar. Alice e Sílvia chegaram juntas e sem seus respectivos filhos.

"Quem mais será que vem hoje?", perguntei.

"A Adharsha está no Rio de Janeiro", disse Alice. "E a Luiza foi fazer um curso na Bahia. Então acho que falta só a Rosana e a Janaína".

"Parece que a Rosana vai trazer uma amiga dela pra participar também", disse Sílvia.

Mal ela terminou a frase e chegaram Rosana e a nova participante do círculo. Eu já a tinha visto na cidade, mas não tinha a conhecido ainda. Rosana a apresentou:

"Gente, essa é a Letícia. Ela chegou há pouco tempo aqui em Alto Paraíso e é a primeira vez que vai participar de um círculo de mulheres".

"Bem-vinda!", eu disse com um sorriso.

"Obrigada!", ela respondeu. "Estou muito animada. Obrigada por me receber. Eu trouxe um suco de uva".

"Ah, ótimo! Vou colocar na cozinha".

Sentamo-nos todas em panos no chão, ao redor da fogueira. Alice se dispôs a ser a guardiã do fogo, já que Luiza não estava presente. Janaína, como sempre, chegou atrasada, quando estávamos prestes a iniciar a abertura. Rosana fez as orações e iniciou a partilha.

"Boa noite mulheres amadas. Que bom estar aqui com vocês! Hoje estamos sem o bastão da Adharsha, então a minha maraca vai ser o nosso bastão da fala. Esses últimos dias eu não estava muito bem. Minha filha, meu genro e minha neta iam vir passar o Natal aqui comigo e eu estava muito animada, mas daí na semana passada ela me ligou dizendo que não poderia mais vir, porque o pai do meu genro foi hospitalizado e ele não queria sair do Rio. Eu insisti pra ela vir com a Rafinha pra cá só as duas, mas ela não quis deixar o marido e acabamos discutindo...".

Rosana suspirou e continuou: "Sabe, às vezes, sinto falta de ter um companheiro. Alguém pra compartilhar as coisas. Sinto falta de dormir abraçada, sabe? Mas, é isso... Não quero ficar focando nas coisas que me faltam. Tento sempre me lembrar de todas as coisas boas na minha vida e uma delas é este círculo, com essas mulheres tão especiais. Gratidão por me ouvirem e por estarem na minha vida".

Ela finalizou e passou o bastão para Sílvia: "Bom, nesta semana eu tive uma notícia muito boa. A minha mãe está vindo morar aqui em Alto Paraíso". Ao dizer isso, todas as mulheres gritaram "uh-huu" e celebraram balançando as mãos para o alto. Sílvia riu e continuou: "Estou muito animada com a vinda dela. A gente sempre se deu muito bem e eu sentia muito a falta dela. E agora ela se aposentou e ficou sozinha lá em São Paulo. Meus outros irmãos nem visitam ela, então ela decidiu vir ficar perto de mim e do Arthur. Vai ser ótimo ter o apoio dela com o Arthur, até pra eu e o Rodrigo termos um tempo pra gente também, pra cuidarmos do nosso relacionamento. Enfim. Estou muito animada com essa novidade. Espero trazê-la para participar do círculo também, acho que ela vai adorar! Gratidão!"

O bastão foi passado para a Alice: "Sinto muito, Rosana, pela sua filha. Eu também vou estar sozinha com a Helô neste Natal, e talvez a gente pudesse fazer uma ceia todas nós juntas! Como vocês sabem, eu e o Marcelo estamos dando um tempo. Ele está morando temporariamente na casa de um amigo e agora estou completamente sozinha com a Helô. Ele leva e busca na escola pra mim, o que já me ajuda bastante, mas é isso. Não sei muito bem o que vou fazer agora. A Sarah está me dando a maior força com a Helô, mas eu sinto que preciso fazer alguma mudança na minha vida, sabe? O trabalho com as bolsas que eu faço está segurando as pontas, mas não sobra dinheiro pra nada e eu sinto que não estou construindo nada, sabe? Ultimamente eu tenho pensado muito em voltar pra Goiânia, pra casa dos meus pais, e terminar uma faculdade. Pensei em fazer Pedagogia pra trabalhar com crianças, que eu gosto bastante. Lá em Goiânia, eu teria a minha mãe, a minha irmã e a minha tia que poderiam me apoiar com a Helô. Então, é isso. Ainda não falei com o Marcelo sobre essa minha ideia. Ele vai ficar arrasado de ficar longe dela.

Mas eu sinto que preciso construir alguma coisa na minha vida enquanto eu ainda sou jovem, sabe? Então, é isso. Gratidão por me ouvirem, amadas!"

O bastão foi passado para Janaína, que falou com o seu jeito calmo e certeiro de sempre: "Ultimamente eu tenho refletido bastante sobre o nosso círculo. Somos todas mulheres que vieram de fora da cidade. Viemos de grandes cidades, de famílias de classe média, tivemos a oportunidade de estudar, então somos privilegiadas. Nesse sentido, este círculo é um lugar de privilégio. E tenho refletido que, enquanto a gente ficar na nossa bolha, por mais que a gente esteja transformando muitas coisas dentro da gente, de certa forma a gente continua reproduzindo esses privilégios. Tenho cada vez mais sentido vontade de fazer coisas que realmente transformem a sociedade. E fico pensando de que forma podemos fazer isso juntas...".

Janaína ficou em silêncio, mas continuou com o bastão nas mãos. Mais uma vez, a sua fala me deixou totalmente desnorteada. Ela tinha total razão. Isso me deixou bem desconfortável porque me fez refletir sobre todo o trabalho que eu vinha fazendo com as palestras — sempre em bairros privilegiados de São Paulo e para um público de pessoas privilegiadas. Será que eu estava realmente transformando o mundo ou apenas reproduzindo as desigualdades?

Janaína continuou: "Vocês estão acompanhando os vários casos de estupro que têm surgido aqui na cidade. E eu conversei com uma das mulheres que sofreram abuso e ela me contou como ela foi tratada na delegacia. Não temos aqui uma delegacia da mulher ou um projeto de acolhimento para as mulheres que sofrem esse tipo de agressão. Esse pode ser um projeto que o nosso círculo poderia se engajar. Enfim, tenho me perguntado muito sobre como podemos usar este espaço e este trabalho tão poderoso que estamos fazendo aqui pra produzir mudanças mais concretas na sociedade. E queria deixar essa reflexão pra vocês aqui hoje".

Janaína finalizou a sua fala e passou o bastão para Letícia, a novata. Letícia não devia ter mais de 30 anos de idade. Era morena, de olhos negros e brilhantes, com um sotaque de paulistana. "Oi, eu sou a Letícia", ela começou timidamente. "Cheguei há pouco tempo aqui em Alto Paraíso. Estou vindo de São Paulo, onde eu trabalhava como produtora cultural. E vim pra cá atrás de uma vida mais tranquila e mais perto da natureza. Estou ainda procurando uma casa pra alugar e procurando trabalho, então, se vocês souberem de algo, por favor, me falem... Eu gostei bastante da fala da...", e olhou para Janaína.

"Janaína", ela disse.

"Isso", ela continuou. "Da fala da Janaína. Acho muito importante que as iniciativas alternativas sejam mais inclusivas e que se engajem mais nas políticas públicas. Eu mesma atuei bastante na formulação de algumas políticas públicas municipais voltadas para a cultura quando eu estava em São Paulo, e estou disposta a pensar em formas pelas quais possamos fazer isso juntas. Quero agradecer a vocês por me receberem neste círculo. É muito especial estar aqui", ela concluiu e passou o bastão para mim.

Eu peguei o bastão, fechei os olhos, respirei fundo, e procurei me conectar com o meu ser naquele momento.

"Alice, vou sentir muito a sua falta se você for embora, mas super entendo o que você está passando e vejo que, muitas vezes, a gente precisa se distanciar fisicamente da outra pessoa pra poder saber quem somos e retomar o nosso caminho pessoal. Eu mesma precisei fazer isso quando me separei do pai da Carol e sinto que foi a melhor coisa que fiz. Te dou total apoio pra você voltar pra faculdade e saiba que você sempre vai ter amigas aqui e um lugar pra ficar quando vier nos visitar."

Respirei fundo e continuei: "Eu estou vivendo uma fase muito boa da minha vida. O Gustavo está me apoiando bastante com a Carol. Sinto que estamos conseguindo ter um diálogo muito bom e estou muito feliz por isso. Estou me sentindo muito realizada, também, com o meu *blog*. Tenho tido muitas leitoras e muitos comentários positivos de mulheres dizendo que o meu *blog* tem ajudado muito elas. Muitas me escreveram pra dizer que criaram os seus próprios círculos de mulheres e isso me deixa muito, muito realizada.

"A fala da Janaína mexeu bastante comigo. E, certamente, vou refletir mais de que forma o meu trabalho pode ser mais inclusivo. Talvez eu possa oferecer cursos gratuitos em bairros mais periféricos, ou talvez oferecer bolsas integrais pra quem não pode pagar. Sinto-me movida a pensar junto com vocês de que forma podemos atuar no município para mobilizar causas de apoio à mulher. Podem contar comigo pra isso...

"Quero também compartilhar com vocês que estou com um novo projeto. Quero escrever um livro sobre a minha história. Sempre sonhei em escrever um livro e finalmente estou tomando coragem".

"Aho", gritaram todas as mulheres, celebrando.

"É isso. Muita gratidão por ter vocês na minha vida", finalizei minha fala e passei o bastão novamente para Rosana.

"Eu também gostei bastante da ideia da Janaína. Grata, Jana, por trazer essa reflexão para o grupo. Acho que podemos marcar uma reunião pra falarmos sobre isso. Também adorei a ideia de fazermos uma ceia de Natal juntas! Podemos fazer lá em casa. E que alegria que a mãe da Sílvia vai vir pra cá! Já estou me sentindo melhor com tantas novidades boas", ela disse com um sorriso. "A gente podia cantar uma música! A Letícia é uma ótima cantora. Letícia, você poderia cantar uma música pra gente?"

"Claro!", disse Letícia e a maraca/bastão circulou até chegar nela. Realmente, Letícia tinha uma voz linda e puxou várias canções da umbanda, que foi nos ensinando. O sol se pôs, e seguimos até tarde cantando em volta da fogueira. Depois, fechamos o círculo e fizemos um lanche. Eram dez horas da noite quando fui dormir, ainda embalada pelos cantos e suas imagens de mamãe Oxum na cachoeira e da linda cabocla Jurema com seu saiote de penas.

Algumas semanas depois, eu estava sentada à mesa da minha sala na Vila Bandeira, com o *laptop* aberto à minha frente. Era quase ano novo e, depois de um longo veranico, a chuva voltara a cair. Escutava os pingos caindo nas telhas e percebi que me esquecera de consertar a goteira que caía no meio da sala. Carolina colocou um balde para contê-la e agora o som dos pingos dentro do balde me lembrava do tique-taque de um relógio. Lá fora, os passarinhos pareciam ter se silenciado e só conseguia ouvir alguns trovões ao longe.

Carolina estava desenhando. Ela já completara cinco anos e se mostrava a cada dia mais esperta e linda. Também com ela eu praticava o amor livre. Sempre falei pra ela a verdade. Sempre falei dos meus sentimentos com transparência, e ela já compreendia os meus ciclos e as minhas falhas.

"Ô mããããe", ela disse com um tom infeliz.

"Que foi?", respondi um pouco irritada.

"Ô mãe! Vem cá!"

"O que foi, Carol?"

"Vem desenhar comigo?"

"Estou de TPM hoje, Carol. Estou irritada, então me deixa quieta, por favor!"

"Tá bom. Posso assistir a um filme, então?", ela me perguntou conformada.

"Pode. No quarto!" E completei mais suavemente: "Você sabe que eu te amo, não é?"

"Eu sei, mamãe. Eu também te amo", ela disse carinhosamente e veio me dar um beijo. "Vou te deixar quieta".

Adoro essa dinâmica honesta e sincera que temos entre nós.

Agora havia parado de chover, mas vi lá fora o céu carregado de nuvens cinza. Olhei para a tela do *laptop*, onde o estatuto da ecovila estava aberto. Mudei de aba, para a pesquisa que eu havia feito de imagens de casas de adobe. Eu tinha conseguido guardar um dinheiro e comecei a sentir que esse era o momento de eu construir a minha própria casa.

O som dos trovões estava chegando cada vez mais perto. Fechei o *laptop* e decidi fazer uma pipoca e assistir a um filme com a Carol.

Epílogo

Abril de 2020

"O que você achou da reunião de ontem?", perguntei. Estávamos sentadas à sombra de uma gomeira, no banco que eu tinha construído. Era uma manhã quente, mas ventava bastante e estava fresco na sombra.

"Eu gostei da sugestão do Rafa de criarmos os grupos de afinidade", respondeu Maria. "Vai ser muito difícil toda a comunidade topar o isolamento mais rígido". Sua filha, Luna, de três anos estava sentada no chão junto à Carol. Elas brincavam de encher panelinhas com terra e fingir que era bolo. Nesse momento, Luna encheu uma colher de terra e apontou para Maria dizendo: "Quer bolo, mamãe?".

"Hummm, que delícia! Dá um pouco pra tia Sarah também", Maria disse e eu fingi comer um pedaço do "bolo".

"E seria mais arriscado, também, se todo mundo continuasse interagindo com todo mundo", eu disse. "Se uma pessoa pega, espalha pra comunidade inteira".

"É verdade", Maria respondeu pensativa.

"Bom, eu, você, Gustavo e as crianças vamos interagir de qualquer forma. Vou precisar do apoio de vocês com a Carol e eu também posso te apoiar com a Luna", eu disse. "Vocês têm se relacionado mais de perto com quem?"

"Bom, tem o Rafael que é nosso vizinho. Ele está sempre lá em casa, mas não tem ido pra cidade. Ele está bem isolado. E tem o primo dele que está chegando pra ficar com ele durante uns meses... E você gosta de interagir com o primo dele também, então..."

Eu dei risada. "Com certeza! O Gabriel tem que ficar dentro do nosso grupo de afinidade! Quem mais?"

"Janaína?", Maria perguntou.

"Hum... Temos que falar com ela e ver se ela vai concordar em se manter isolada e só interagir com a gente. Mas eu acho difícil", observei.

"Quer mais bolo, tia?", Luna me ofereceu mais uma colher de terra.

"Eu quero!"

"Eu tenho que ir", disse Maria se levantando e pegando Luna no colo. "Você vai almoçar com a gente hoje?"

"Pode ser!", respondi. "Então, deixa a Luna aí que eu a levo pra sua casa quando formos almoçar"

"Mesmo? Ah, vai ser ótimo! Preciso responder uns *e-mails* e o Gustavo já deve estar começando a preparar o almoço", disse Maria aliviada. "Faz falta o almoço coletivo, não é?"

"Faz mesmo. Mas fica tranquila, amada! Vai lá!"

Maria olhou para Luna e perguntou: "Quer ficar brincando mais um pouquinho com a maninha?" A um sinal afirmativo da filha, ela a colocou de volta no chão e sorriu para mim.

"Então, até daqui a pouco!"

"Até!"

Fiquei observando Maria se afastar. Estava ouvindo trovões, mas eles estavam longe. Não choveria antes do almoço. Virei-me para as meninas e disse: "Eu quero mais bolo! Quem vai fazer pra mim?"

Agradecimentos

Agradeço imensamente à Letícia Ferreira de Albuquerque (minha querida Lets), à Deborah Goldemberg e à Stephanie Sacco pela leitura e comentários valiosos sobre as versões anteriores deste livro. Nesse caminho de descoberta da escrita criativa, é maravilhoso poder contar com o apoio de escritoras tão incríveis e mulheres tão maravilhosas como vocês.

Às primeiras leitoras da primeira versão deste livro, Márcia Ahrends Braga e Chyslia Fernanda de Santana, pelas palavras de encorajamento e pela inspiração que vocês representam na minha vida.

À Megan Preston Meyer, por sustentar o espaço virtual do *Shut Up & Write! Zürich*, que me estimulou a terminar a revisão final do manuscrito.

A Richard Lo Giudice, por acreditar e investir no meu sonho.

A todos os meus amigos do Instituto Biorregional do Cerrado e de Alto Paraíso de Goiás, que me ensinaram a plantar, a pisar o barro, a fazer reboco de terra, a viver em comunidade e a descobrir os meus potenciais.

À minha família, pelo apoio incondicional que sempre me deram em todos os meus projetos. E à minha filha, Maria Isabel, por sua companhia alegre, amorosa e criativa em todos esses treze anos de convivência.